【茅盾珍档手迹】

日记 1961年

◇茅盾著

桐乡市档案局(馆)编

浙江大学出版社
ZHEJIANG UNIVERSITY PRESS

前言

茅盾（一八九六—一九八一），本名沈德鸿，字雁冰，浙江桐乡乌镇人。他是我国二十世纪文学史上的著名小说家、批评家，其创作以史诗性的气魄著称，代表作包括长篇小说《子夜》、短篇小说《林家铺子》等。新中国成立后，他担任中央人民政府文化部长职务，主编《人民文学》杂志，当选为历届全国人民代表大会代表、历届政协全国委员会常务委员和第四、五届全国委员会副主席。在茅盾逝世追悼会上，中共中央的悼词称茅盾『是在国内外享有崇高声望的革命作家、文化活动家和社会活动家。他同鲁迅、郭沫若一起，为我国革命文艺和文化运动奠定了基础』。正由于茅盾具有这样的历史成就和历史地位，有关他的档案资料也就成了我们国家一份极其珍贵的文化遗产。

近年来，我们桐乡市档案局（馆）在征集名人档案的过程中，走访了茅盾之子韦韬先生。韦韬先生认为，把家中尚有的茅盾档案资料全部保存到家乡的档案馆，一是放心，二是可以让更多的人到档案馆进行查阅和利用。因此，在经过全面整理后，他向桐乡市档案馆无偿捐赠了茅盾的档案资料。这些档案资料中，有茅盾小说、诗词、回忆录、文艺评论的创作手稿以及笔记、杂抄、古诗文注释、书信、日记、译稿等原件，还有茅盾的原始讲话录音、照片等。

档案是人类认识世界和改造世界的历史记录。借助档案，人们可以了解过去，把握现在，预见未来。我们认识到，利用好这批珍贵的茅盾档案资料，让它通过各种形式为社会服务，对促进茅盾生平、思想及其作品的研究，促进我国革命文艺和文化运动的研究，对陶冶人们的高尚情操，促进社会主义和谐文化建设，都具有十分重要的意义。同时，茅盾的作品手稿，有钢笔字、毛笔字、铅笔字，字体隽秀、飘逸，笔力苍劲、潇洒，如同一幅幅精美的书法，是不可多得的艺术珍品。为此，我们桐乡市档案局（馆）在征得韦韬先生同意后，决定精心选择部分茅盾档案资料，陆续编辑出版『茅盾珍档手迹』系列丛书。

本册收录了茅盾一九六一年的日记手稿。

编辑出版茅盾的档案资料，是我们桐乡市档案局（馆）开展档案编研工作，利用档案为现实服务的新的尝试。这项工作，得到了韦韬先生、中共桐乡市委、桐乡市人民政府和浙江大学出版社的大力支持，我们在此表示衷心的感谢！

桐乡市档案局（馆）

二〇一一年六月八日

目录

一九七二年一月一日，晴。昨
今晨六时许即醒，计仅三小
时多，头晕乏而未能再入睡，偃卧
至七时起身。上午补记昨日日
记，阅电视、日报、参资。寿毛程
张飞寿三人及张克年、陈白尘
次第来谈日昔一小时。中午小
睡半小时许。下午处理杂事。呈
批覆公文一件。寿益铭来，移
时即去。徐平羽来谈海南岛
情况，甚令人兴奋（他刚从

海南回来)。晚阅电视未少时，(节目平平)，又阅至五九时，服M丸(协和所给者)二枚，(即倍半量)，於十时许入睡。

一月二日，晴，0度，0下九度。

昨入睡后於今晨三时许醒来，小便后又睡，五时又醒，仍甚倦，到晓晕，但已不能再睡，仍卧至七时起身，上午阅报，参资，处理杂事，中午小睡一小时，晚阅书至九时服药一枚就寝，十时入睡。(M剂，北京医院的)

一月三日，晴，氣〇度，〇下十六度。

昨入睡後於今晨二時許即醒，少頃後未能再睡，五時許又醒，此後是半睡半醒，七時起身。九時半赴北京醫院注射。

上午閱報、參資，處理雜事，連日精神不好，極為疲倦。中午小睡一小時。午後略閱刊。

（今日下午三時卅分有中緬友協為慶祝緬國國慶的酒會，七時卅分又有中蘇友協的慶祝晚會，均因身体不好，未能前去）。晚閱電視至九时(今晚播了一个老剧目,浙江姐妹,此片有嚴重的[redacted]资什作风,无教育意義 實紅膚戲)。服M剂(胶囊的)一枚,但至十时仍未入睡,乃服A剂一丸,十二时半以后入睡。今日又服杞红丸与致[illegible]解毒丸各四丸。

月四日,晴,风已止,一度,下十度。

今晨四时醒,醒來,计睡五小时许,到们暈,四肢无力,十时起身。今上午九时路燈有阴经好遇屋谈会（本定今日不开了），临时去电话请假。上午阅报、参资。中午小睡一小时。下午阅书刊、处理杂事，四时约郭小川来谈半小时。晚阅电视至九时服药二枚（MA及一枚）于十时入睡。

一月廿日，晴，多晴，大风。

今晨〇时醒一次，三时许又醒一次，睡不甚酣，六时许又醒，旋即起身，颇感疲倦。上午至北京医院注射，阅报、参资、处理杂事。中午小睡一小时。下午閱日刊。今日仍服羚翹解毒丸。晚閱電視一小時，八時半服MA劑之一枚，於十一時許入睡。

7月六日，晴，如昨。

今晨五時醒一次，小便，又朦朧，已六時許又醒，甚倦，腰疼。上午閱報、參消，處理雜事。中午小睡一小時。下午閱日刊。晚五時赴古巴大使為古革命二周年舉行之招待會。七時回家。閱電視至九時服藥二枚（M、A劑之一枚）就寢，至十一時未能入睡。

一月七日，晴，二度，〇下十度。

今晨五时许醒，继又睡，至六时半又醒，即起身。八时赴北京医院注射，九时半出家开会（副部长及美术、电影两局长报告生产及献礼情况），至十二时三刻始毕。中午小睡一小时。下午阅参道、覆信、处理杂事。晚看电影，至九时，服药二枚如昨，十一时半入睡。

一月八日，晴，如昨。

今晨五时许醒，未几又朦胧多时，再入睡，至八时许又醒，即室為半睡狀態）。七时起身。上午閱報、参讀、处理雜事。中午僅睡了二十来分鐘。下午閱書、覆信、林々来談紀念太戈尔的籌備委員會事。晚看美国彩色片吸血鬼、（鬼怪恐怖片）。九时返家、服安眠药二枚如眠、然而十时就寢後至十二时半尚无睡意、乃起而加服眠药一枚，至翌晨四时三十分始入睡。

一月十二日。○下二度，○下五度。下午有风（四级），晴。

今晨醒来已为七时，虽微晕，然已不能再睡。八时半起，北京医院注射。阅各处信，阅报，参资。中午不能睡，仰偃卧一小时许。下午二时四十分赴飞机场欢迎印尼巴厘亚非作家代表团，四时返家。晚阅书刊，九时服药三枚（安眠），十时半左右入睡。

一月十二日，晴，安眠。

今晨第一次醒来为四时，后又睡，六时又醒，然仍卧床，但已不能再睡。七时起身，上午阅报，处理杂事。十时四十分赴飞机场返杭因修理返京，飞机是十时半到京），返家时已为下午一时矣。下午处理部事，六时卅分赴人大新疆厅，出席李先念副总理欢迎阿尔巴尼亚政府代表团之宴会，九时半返家。服药三粒，不眠，○时半始渐入眠。

一月十三日，晴，○度，○下十一度，有风，三、四级。

今晨四时半即醒，后来未睡着，醒地到了六时三刻，旋即起身。八时半赴北京医院注射。上午阅报、参考资料。又阅其他书刊。处理杂事。中午小睡半小时。下午阅粤剧卧薪尝胆油印稿。（梧州实践粤剧团编，拟充国庆十周年献礼剧目）。晚与止、小钢到民族宫看天津人民歌舞剧院演出芭蕾舞剧西班牙女儿。（此为根据西班牙古剧作家洛普·德·维加（文艺复兴时代）诗剧「羊泉村」序作改编的，作曲者为苏联格里爱尔，天津人民剧院此次排练多得我国留苏学生之助），九时半返家。

今日下午即患嗽咳，即服桔红丸与羚翘丸，晚间且觉怕冷，时时有毛戴的吟噤。观剧归来

即又服桔仁丸与羚翘丸，咳嗽愈
甚，十时半服M剂与月剂各
一枚就寝，至含盘尼西林含片一
枚，得於十二时半入睡，然而只睡了
一小时即醒，咳愈甚，不能安枕，
继复用含片，且開窗，又服瑞静
剂一枚，半於翌晨四时许入睡，
一直是穿了棉袄睡的。
一月十四日，晴，二度，〇下十
度，风止，午后又有大风。
今晨六时又醒，计共睡了五小时，
實際半之四小时無為半睡半醒，
咳始稍已，续服桔仁丸与羚翘丸

銀翹丸，仍食盤尼西林片一枚。
上午閱報，補記昨日日記，處理雜
事。中午小睡一小时。下午閱重庆
京劇团改编之《臥薪嘗胆》剧
本。六时赴人大會堂，出席蒋
南翔為阿爾巴尼亚代表团舉
行之酒会及晚会，（蒋為中阿友
協会長）晚会為《寶蓮灯》舞剧，
十时返家，服藥二枚，於十二时
卅分始入睡。

一月十五日，晴，〇度，〇下十
度。上午无风，下午大风。
今晨四时許醒来小便後又

睡，八时再醒，即起身。上午閱報，電視，補記昨日日記。覆信三封。中午小睡一小时。下午閱來資，处理雜事。

明日為星期，舉家不受來客。

晚閱電視，九时服藥如例（即麻醉性安眠藥一粒与鎮靜劑一粒）就寢，十一时许入睡。

一月十二日，晴，○度，○下十三度，上午无風。

昨入睡後，於今晨六时醒來，後又睡至六时三刻再醒，下床再睡，七时起身。其就睡的时間不算少，能安精神，不振，胸口不通畅，昨、前两日生已如此，但今晨更甚，咳嗽未见减轻，因此往请医诊治，八时半到北京医院，经诊视后，开了内服药，又作吸入，每日两次，昔与次。上午阅报、参资、（十时归家）。中午也睡一小时。下午阅材料、四时又到北京医院作吸入。晚阅电视到八时半，服药二枚（如昨）就寝。大约至十一时入睡。

一月十七日，晴，三度，〇下九度。风已止，晨有雾。

昨入睡后，今晨〇时卅分即

醒，久不能再睡，乃枕倚閱
報，又服月丸一枚，直至今晨三時
許始再入睡，但五時許又醒，又久
久不能成眠，後來大概朦朧後
剛，七時許起身。八時卅分赴北京
醫院作吸入，等候許久（和我同
作吸入者如此之多也），歸時已為
九時卅分矣。閱報、參證，處理
雜事。頭痛，十分疲倦，心頗
不適暢，似乎腸胃又有問題。
中午小睡一小時。頭痛好些。下
午閱最近刊物，晚七時卅分赴
七大出席周總理為阿[illegible]

代表團舉行之宴會，九時許返家。十時半服藥二枚，至昨文閱，約至十一時半就寢。

十八日，晴，較昨稍暖。四度，〇下九度。

昨於〇時左右入睡，一覺至今晨六時。此為數日來最好之現象，然此因前日注射使然，晚之安眠後果也。上午八時半赴北京醫院注射。閱報，參資等。理髮。中午小睡一小時。下午理髮、赴北京醫院注射、作吸入。（此為最後一次）。晚看電影

（安眠片）五、六时，又阅书至十时，
服药二枚，如例，十一时许入睡。
十九日，晴，三度，〇下十度。
今晨六时许醒来，即不能再
睡，倚枕阅书至七时起身，做
家务劳动事，十时，上午阅报、
参资，处理杂事，中午小睡，
二时，下午阅上海川沙越剧团
所编《卧薪尝胆》，晚阅电视
五、六时，又阅上海春泥越剧团所
编之《卧薪尝胆》，十一时服药入睡。
二十日，晴，如昨，

今晨四时许醒来，后又朦胧
半时许，五时不能再睡，乃倚枕
阅书，二服镇静剂一丸，六时许
入朦胧，七时起身。上午阅报，
参资，处理杂事。中午小睡一小
时，下午阅书（上海飞鸣越剧团
所编之卧薪尝胆油印稿本）
五时赴缅大使馆酒会，代表
国华行之请命，晚阅电视
剧，八时半，又阅书至十时，服第
二枚安眠药，但至十一时尚无睡意，又
加服A剂一枚，半小时后入睡。

一月二十日，晴，如昨。

今晨四时醒，半刻即睡，七时又醒，即起，但不能再入寐矣。八时半洗脸，九时，部去碰头会议，听取出版局及对外联络司之汇报。十二时毕。中午小睡一小时。下午阅报、参资，处理杂事。晚间电视至八时卅分，服药二枚，又阅书到九时卅分，未睡，直至再服A剂一枚，于十时半始入睡。

一月二十一日，晴，五度，〇下

六度。

今晨四时醒后又睡，但已不酣，七时半又醒，即起身。今日为星期，上午阅报、杂志，处理杂事。中午小睡一小时。下午阅书刊，晚阅电视至九时，服药二枚即睡，但至十二时尚无睡意，直至十二时顷始入睡，连日精神倦怠，时时腰痛，今晚阅电视时几乎不能支持，因为我和小铜椰坐在电视间之小椅上，坐久则两脚麻痹，腰背酸痛也。

一月二十三日，晴，如昨。

今晨一时许即醒，後又睡，四时许又醒，有不能再睡之势，偃卧了半小时，仍未入睡，乃服镇静剂一枚，又倚枕阅书，至六时许方又入睡，七时许又醒，则无论如何不能再睡矣。

上午阅㊥報，参考，处理杂事。中銅已校完，学校中布置了假期作业，今日第一次帮她做这些作业。半小时完。中午未能睡着，僅偃卧一小时而已。上午閱上海市合作越劇團所編的臥薪嘗膽，此為上海越劇團所編之書中最好者。五時二十分赴人大會堂東廳，陪副總理宴請尼泊爾邊界談判代表團。七時半返家。又閱電視至八時半。閱書至十時半，服藥二枚就寢。然究臥醒于十一時半入睡，乃又服片劑一枚，又閱書至翌晨二時許始入睡。

一月二十四日，阴转晴，〇度，〇下十度。

今晨五时醒来，后又睡到七时半，又醒，醒罢，细而卧不起身了。昨夜下了雪，约寸许。上午阅报、参资。处理杂事。看中纲作协期刊等。中午也睡一小时。下午阅书刊。晚阅电视到九时，又阅书到十时半服药二枚就寝，不久即入睡。

一月二十五日，晴，三度、〇下十度。午后有风。

今晨四时许醒来，约半小

时又睡，但不甚酣，七时又醒，即起身。九时出席部务会议，十二时未完。中午先行午睡，下午阅报、参资等。小爱因身体不好，被给假三天，今日午后带小钢到乡下去了。晚阅电视至八时，八时到十时服药二枚就寝。十一时许入睡。

一月二十三日，阴，后晴，七度，0下七度。

昨入睡后于今晨三时许即醒，少顷后偃卧未小时未

能再睡，於是又服眠爾通一
枚，閱書至四時半始又入睡，但
已不甜，七時又醒，即起身。共計
睡了六小時卅分左右，但仍為兩
擾。因此今日精神恍惚，腰
背酸痛。上午閱報、參考資、
處理雜件。中午半小時小睡，下
午閱浙江省越劇團所編
之《臥薪嘗膽》。此與上海春泥
越劇團所編者，基本上一樣而
較為簡短，大概是移植了
春泥本的。晚五時二十分赴印

度国庆招待会，七时半赴
欢迎老挝苏发努冯亲王宴会，
十时返家，服药M、A各一枚，
阅书至十时半就寝，不久即
入睡。

十月二十七日，晴，三度，0下九
度。

今晨三时许醒来，七时便溺又
睡，八时许又醒，即起身，头痛
恐劳累故。上午阅报、参资，处
理杂事。中午小睡，仅二十分钟
即醒。二时赴文联大礼堂参
加延悼王亚凡的追悼会，向王

為作協副秘書長，於本年一月初帶領文聯、作協兩小組支援農業的人們到寧夏某人民公社，剛到公社第一天，當晚因煤氣中毒而死）。四時回家。六時赴六大安徽廳參加周總理歡宴緬甸代表團之宴會，八時半又陪客人們看舞劇西班牙女兒，十時返家。服藥二枚即倒，於翌晨一時許入睡。

一月廿八日，晴，零度，日下七度。

今晨一时入睡后，五时即醒，后又睡了一小时多，七时卅分起身。九时部长、副部长碰头会，听取学校司及物资司的汇报。十二时半始毕。中午小睡，二时半赴国务院出席全体会议，五时半返家。七时赴首都剧场看古巴芭蕾舞团演出吉赛尔。演后有古巴大使之酒会，十时返家，服药二枚即倒，于翌晨二时许入睡。

一月廿五日，晴，五度，〇下

五度。
今晨入睡，五时卅分左右即醒，此后不能再睡，六时半穿好衣服，倚枕看书，七时半起身。上午閱報、参資、等々。中午中睡。下午处理雜事。
今日為星期。晚六时许，燊由學帶小鋼、小寧同城外来。燊有休假一個月，他和小寧將在家中住到春节以後回校。晚閲電視至八时半，又閱书至十时服藥二枚就寢。約於十时入睡。

一月廿九日，晴，中午有小雪，午后大风，三度、〇下七度。

昨入睡以於今晨六时许醒，不能再睡，倚枕阅书至七时许起身。上午阅报、参资，又阅书。中午入睡一小时，下午阅书。晚在东部放映室看新片刘三姐。九时返家，十时服药一枚，十二时后入睡。

一月卅日，晴，〇度，〇下十二度。午后有风。

昨入睡以於今晨三时醒

未能再睡，乃服镇静剂一片，又闭目一小时再睡，今晨六时半方醒，感觉甚倦，但已不能再睡，七时许起身。上午阅报、参资，处理杂事。中午小睡半小时。下午三时接见惠大使汪戴尔（调回本国，特来告辞）。处理杂事。晚在本部放映室看甲午海战样片，十二本，片屡断，一直放映至十时始完，而中间尚有数处对话错乱（批色

古籍之错简、伪字脱落

之校勘例，於理甚〇时带以

得入睡。

一九八〇年二月一日，晴，有风，五度，〇下十度。

今晨五时三刻醒来，计已睡四小时半，甚倦，小便后至厕再睡。六时半，倚枕阅书，七时半起身。上午阅報，参消，处理雜事。中午小睡一小时，下午阅书。晚赴戡南大使之宴会，十时归家，阅书至十一时半服药两枚就寝，約於十二时半入睡。

二月二日，晴，一度，〇下五度。

今晨五时许醒来，小便后至厕再睡，乃服 Mephobarbital 0.2 者

一枚，倚枕阅书一小时後睡，但只
朦胧而已，七时许起身。上午阅
報、参證，处理杂事。中午小睡
半小时。下午阅书。晚五时赴印
度尼西亚大使为阿拉伯代表团
访华举行之招待会，八时返
家，阅书至九时半，服药二枚，至
倒，於十时许入睡。

二月三日，晴，八度，〇下五度，
凌晨四时许醒来，大便後不能
再睡，乃服M剂一枚，倚枕阅
书半小时，後又朦胧睡去，又
时许又醒，因七时须赴机场

送宗羽随侨代表团、访印起身。七时动身，七时廿分到机场，八时十分返家，八时四十分抵家，去阅报、参资，十二时赴捷大使为捷科学院授予郭老通讯院士而举行之午宴。三时返家。倦极，小睡，但不成眠。下午阅书，五时四十分赴苏大使的招待会（为以年中苏合作执行计划签订庆功），十时许返家，又阅书至十二时服药两枚，十一时许就寝。（今晚涂钱外、全家都去看血美人口、他們也要十時始回家。

感冒、睏、有暈、早眠。眠入睡後三小時即醒，再服用劑一枚，又閱書至十二時，始入睡，於七時許又醒，旋即起身。部單。九時，部長約碰到會儀聽取檢討計劃財務司報告、及馬處詳報告點要的閱劇局隨會籌備事宜。十二時畢，即赴四川飯店出席歡迎中東各代計劃吾方代表之宴會，二時許回家。偃臥床中片時。閱報、来治寿。五时半赴锡兰大使之招待会（为锡国庆）。七时半赴人大会堂看古巴芭蕾舞团演出，十时返会（文化部及对外文委联名欢迎古团）。十二时半始返家，服药两枚，半小时后入睡。

一月三日，雪，阴，三度、〇下三度。今天为星期。

今晨三时醒来，有顷再睡之势，（实际睡了两小时即醒），乃服眠剂一枚，又阅书半小时，再睡，七时许又醒，这时天甚倦，然而不能再睡，阅书未半时即起身。上午阅报，参考资料，处理杂事，覆信。中午小睡一小时。下午阅书二小时。晚阅看电视转播茶花女，九时半服药二枚，如例。十时一刻左右入睡。

一月（七）六日，晴，六度，○下六度。

今晨五时许醒来，不久即睡，直至六时始又入睡，七时许又醒，即起身。上午阅报，参考资料，批判。中午小睡一小时。下午三时出席太炎先生纪念筹备委员会第一次会议，（无印成立会，通过了半年前协商的事项，一点时即了了。四时半返家晚阅电视，七、八时半，又阅书至十时，服药二枚如例，不久入睡。

六月七日，晴，六度，〇下六度。午后大风。

凌晨三时醒来，不能再睡，乃服M剂一枚，又倚枕阅书至四时始又睡去。多梦，再醒时则为五时。又复未几时始又朦胧睡去。六时又醒，（因半有梦，故醒得睡着了二、三十分钟）不能再

睡，傍枕阅书至七时起身。上午
阅报、参观、处理杂事，覆
信。中午小睡未成眠，仅偃
卧一小时光景。下午阅第九个
卧薪尝胆的越剧脚本，晚
阅读视至九时，又阅书至十时
未服药二枚如例，十时入睡。

二月日，晴，六度，〇下五度，
午后大风。

今晨二时许醒来，不能再睡，
乃服A剂一枚，又傍枕阅书
约一小时，再睡，四时许又醒，

旋又睡二小时许，但不酣，七时起身。上午阅报，参资，处理杂事。中午小睡。下午阅越剧的《舞台姐妹》（此为同题著之第十集），各剧种都有《舞台姐妹》，但以越剧为最多，我所知的知道有十本，但实得不止此数。晚阅电视至及时，又阅书一小时，服药二粒，如例就寝，一时许入睡。

二月九日，晴，如昨。

今晨四时许醒来，小便后。

服M剂一枚又睡了两小时，至六时又醒，眩晕，但不能睡，乃倚枕阅书，至七时起身。上午阅报，参资，十二时三刻赴人大新疆厅，因总理在此宴请尼泊尔代表团，革命化语。午后三时返家。处理杂事。晚阅书至十一时，服药两枚如例，但久久不能成眠，乃再服M剂一枚，始于十二时许入睡。

二月十日，阴，四度，〇下四度。午后有大风。

今晨第一次醒来为二时，此后都是每隔二小时醒一次，直到七时起身，体弱倦怠。八时到北京医院修牙，因前镶之假牙门牙和臼齿都松动了。旋又到北京饭店理发，十时许返家。中午小睡。下午阅马少波、范钧宏、吕瑞明三人所写的京剧《卧薪尝胆》。此剧比已阅之越剧《卧薪尝胆》八、九种着眼点不同，而且，因其为最后写成者（尚未演出），可以吸人之长，故

些人家的缺点，似乎比我已经所
阅之稿都较好些，然而，也有问
题（符合于历史真实与否之问
题尤为严重），晚七时赴尾的乐
代表团之酒会，八时半返家。
阅书至十时服药两粒如例，但
直至〇时数十分方能入睡。

二月十二日，晴。〇下八度，四
度，大风。

今晨四时五十分许醒来，如
便后了不久再睡，五时许又
服M剂一粒，阅书至六时又睡

朦入睡，七时再醒，即起身。上午
閱報，参資，中午少睡。下午处
理雜事。晚閱電视至八时半，
又閱书至十时，服藥二枚如例
於十一时卅分入睡。
　八月十一日，晴，大风。如昨。
今晨二时許醒，起來小便后又
睡，五时許又醒，即不能再睡。
閱书至六时起身。上午閱報、
参資。十时至加音寺吊葉聖
陶丧。中午少睡。下午看
為星期。下午閱上海戲曲学

校周瓈璋、顾文等所编京剧卧薪尝胆。此为去年十月中间所稿本，视马少波、韦三人之稿本为早，内容平庸，人物性格不突出。又阅广州市京剧团集体创作之卧薪尝胆，较后者更差。晚阅电视至八时半，又阅报至十时服药二枚如例，十一时入睡。

二月十三日，晴，大风，如昨。

今晨四时许醒来，少便后即未再酣睡，晨六时至七时起身。八时半赴北京医院治目疾。九时卅分赴文华殿出席华展览会开幕式。十一时返家。中午午饭后小睡。阅参资。下午一时半赴人大出席中苏互助条约签订十二周年纪念大会。六时半返家。七时赴苏大使馆的招待会。十时返家。服药二枚如例。十一时入睡。乃又服M剂一枚。始於十二时后成眠。

二月廿四日 晴。三度。〇下八度。仍有风。但稍小耳。

今晨五时许醒后，又似睡非睡躺到七时许起身，打拳、读诗，极为不振。上午阅报、参资，中午小睡一小时。下午阅山东吕剧研究院所编《蒋青胆》。今日乃阴历除夕，晚六时半，人大宴会厅有庆祝中苏友好同盟条约签订十周年并欢度除夕之大宴会，（陈外长夫妇作主人），我和他们都去了，十时半宴毕，（因有表演），返抵家中已十二时，服药二粒照例，於一小时后入睡。

二月十五日，晴，如昨。

今晨五时许醒后即未能酣睡，晨饭后七时起身。外面爆竹声此起彼伏，煞为热闹。今日为阴历元旦。上午在家，来了两批客人。中午小睡一小时。下午二时参文化部的局长及直属各单位负责人在文化部大礼堂团拜，有一小时的歌舞杂技等表演，闷热。晚七时赴人大会堂的春节联欢。（全家都去了）。六时回家。

服药二枚，少倾，於十时半

入睡。

二月十六日，晴，好。

今晨四时半醒来，小便后不

能再睡，乃服M剂一枚，又闭

目半小时多，始复成眠，七时

许又醒，即起身。上午阅报数，参

澄、来客人两批。中午小睡，下

午一时半到总部大礼堂看电

影《林海雪原》。三时半返家。

今日上午阿蓉、小爱带了小

銅，寧進北海公園去了。下午五时许回来。晚觀閱電视至九时未，又閱书至十时未服藥二枚合例，十一时未入睡。

六月十七日，晴，多雲。

今晨一时许即醒，少便后未此时尚未入睡，乃再服用劑一枚，M劑一枚，約於一时许又入睡，今晨六时许又醒，继后又睡，七时半醒，到南港々作畢，然而未到天起身了。上午閱参消息、（今日先報）。看電视。中午出睡。下午閱书，来信两批。晚在大礼堂观歌舞杂技演出。九时许返。閱书至十時半服药二枚安眠，但不能睡，閱书至次晨二时许始入睡。

二月十八日 晴，八度，〇下三度。

今晨七时许醒，稍早，就已不能再睡，旋即起身。上午閱报，参資，中午小睡一小时。下午閱书，处理杂事。晚閱電视至九时，服药二枚安眠，又閱书至十一时半入睡。

二月十九日，晴，无作。

今日为星期，纽市有些机关则因已移用于明日，今不休息。

今晨四时许醒来，（仍睡四小时又醒了睡），小便后，有不能再睡之势，乃又服M剂一枚，阅书至五时许，旋又入睡，七时许又醒，甚倦，然究不能再睡矣。旋即起身。上午阅報，參資，处理杂事。中午曾睡约一小时。下午阅书，晚阅電視，至八时半，又阅书至十时服药二枚如例，於十一时。

四時許入睡。

二月二十日，晴，八度，〇下三度。

今晨五時醒來，旋又睡了一小時，至六時半，倚枕看書，七時半起床，上午閱報，處理雜事，閱參考資料。中午小睡。下午閱書刊、覆信，晚閱書至十時服藥二枚如例，十二時才入睡。

二月二十一日，晴，十二度，〇下三度。

今晨五時許醒來，不易再睡，乃倚枕閱書至七時起身，上

午赴北京医院注射，九时半，
刘白羽来谈半小时，阅报，
参资，中午小睡一小时，下午二时
半部务会议，五时半完毕，
晚阅电视剧九时，又阅电视剧
十时半服药二枚安眠，十一时半
就寝入睡。

二月二十三日，晴，如昨。
今晨四时许醒来，小便后
半小时内未再睡，乃服川
斛一枚，六点又过了半小时乃
朦胧入睡，七时许又醒，又不

能再睡，乃阅书至七时半起
身。附赴北京医院治牙。九
时返。上午阅报，参资。中午
小睡一小时。下午阅书，四时又
赴北京医院治牙，（整修之假
牙已修好），五时二十分赴苏联大
使馆之招待会，七时返家。阅
电视至九时，又阅书至十时服
药二枚如例，十一时半入睡。

六月二十三日，晴，十度，○度。

今晨五时许醒来，仍又朦

眠至七时许又醒，七时半起身。小钢今日上学，七时许她已起来。上午八时至北京医院注射、阅报、参考、中午小睡一小时、下午阅书刊。五时半到东城本胡同，接见日本作家白石凡和白土吾夫，便宴款待，十时回家。阅书至十时服药二枚安眠又阅书至十一时半就寝。然而未能入睡，又阅书，加服M剂一枚，直至翌晨二时许入睡。

二月廿四日、晴、十二度、〇下四度。

今晨五時許醒來、不能再睡、朦朧片刻、閱書半時、七時半起身。上午閱報、參資、處理事信、許多件。十時赴北京醫院治牙。十二時返家。中午小睡。下午二時赴作協出席書記處會議。五時半返家。晚閱電視至九時、又閱書至十時半服藥二枚如例、於十二時半入睡。今日上午如常、午後稍好。

二月廿二日，晴，冷如昨。今晨五时许醒来，小便后来少时尚无睡意，乃傍枕阅书，七时起身。八时赴北京医院注射。上午阅报、参资、中午小睡。下午阅书，处理杂事。晚看法国五彩片阿里巴巴，又阅书至翌晨一时就寝。前入服安眠药二片如例睡。

二月二十三日，晴，十二度，○下三度。午后有风。

今晨五时许醒来，小便后
又睡，七时许再醒，即起身。
今日为星期。上午阅报书
刊，中午曾睡一小时。下午阅
试卷，参资。五时赴少大参加庆
命名典礼之座谈会，后便谈谈。
饭后至三楼看剧场看京剧。
十一时返家。服药二枚如例，
但不能入睡。阅书至翌晨
三时，又服M剂一枚，始入睡。
二月二十六日，晴，如昨。

今晨七时半醒来，即起身。八时十五分赴北京医院治牙并注射。（十时始返。）上午阅报，参资，中午小睡一小时。下午阅书刊，处理杂事。晚阅电视至八时半，服药二枚如例，又阅书至十时就寝，十一时即入睡。

二月廿八日，阴，晚晴。

今晨六时许醒来，又睡，至七时许再醒，即起身。上午阅报，参资，中午小睡一小时，下午阅书刊。晚阅電视，又阅书到十时服藥二枚如例，十一时入睡。

一九六一年三月一日，晴，如昨。今晨五时醒，以又睡眠至七时许，即起身。上午八时赴北京医院注射并治牙，九时返家。上午阅报、参考资料。中午小睡一小时。下午阅文件。小刚昨下午自杭返京，即发烧，今日求医，下午烧退。晚看苏联新摄五彩片复活（托尔斯泰原作）上集。又阅文件到十时，服药二枚，於十二时入睡。

三月二日，阴，毛毛雨，时作时止，八度。○度。

今晨四时许醒来，少痊再睡，但不酣，七时又醒，即起身。上午阅報，参资，处理杂事。中午小睡，下午二时半赴文学研究所现代文学史组座谈，五时半返家。晚阅電视，又阅书至十时，服药二枚如例，十二时入睡。

三月三日，阴后晴，如昨，午间大风。

今晨五时四十分醒来，不能再睡，偃卧至六时，乃倚枕阅书至七时起身，八时赴北京医院注射，上午阅報，参资，处理雜事。中午小睡、下午閲書刊，並作筆記。晚閲電視至九時，又閲書至十時，服藥二枚如例，十時入睡。

三月四日、晴、如昨。

今晨四時許醒來，小便後有不能再睡之勢，乃服M劑一枚，又閲書至五時再睡。七時半又醒、九時再睡至起身。微覺頭暈，上午九時起，部長碰頭會，十時散。中午小睡。下午閲報，参资等。晚閲電視至九時又閲書至十一時服藥二枚而倒、十二時半入睡。

三月五日、晴、十六度、○下二度。

今晨四時醒來、小便後又睡、但不甚酣、六時半又醒、七時起身。上午閲報、參資、中午小睡、下午閲其他文件。

今日爲星期、小琴今晚六時回鄉下進幼兒院去了。

晚閲電視至九時、又閲書至十一時服藥二枚而倒、未小时以入睡。

三月六日，晴，十三度，〇下四度，有风。小钢今日生辰。

今晨四时许醒以又睡，惟不甚酣耳。六时半又醒，七时起身，八时至北京医院注射。上午阅报、参资、阅书，中午小睡，下午阅书，晚七时赴中苏友协举办之欢迎纺织代表团返国之小型酒会，十时半返家，阅书至十二时服药二枚始倒，翌晨一时以入睡。按，对外文委通知，此团今原有访苏报告，临时取消。

三月十七日，晴，如昨。

今晨五时许醒来，又睡，虽不甚酣，六时许又醒，即起身。上午阅报，参谈，处理什事，中午小睡，下午阅书。晚阅电视至九时，又阅书至十时服药二枚后倒於十一时许入睡。

三月十八日，晴，如昨。

今晨四时许即醒，但只睡五小时。此后即未能酣睡，六时许起身。八时赴北京医院治肘。

上午阅教、参资、处理杂事。中午少睡。下午阅书。晚看川剧绣襦记。六时返家，服药二枚，阅书至十二时始入睡。

三月九日 阴而晴、十度、〇下三度。

昨晨四时许醒来后又睡，但不酣。七时许又醒，即起身。上午阅教、参资、处理杂事。中午少睡。下午六时赴作协开会，（亚非作家团体委员会中国委员会）我为主任，今日开会讨论三月四五日東台開亞非作家緊急（會議事項及通過我方代表團名單）。晚閱電視至九時，又閱書至十一時，服藥二枚如例，未也時即入睡。

三月十日，晴，如昨。

今晨五時許醒來，小便後又睡，然不酣，七時半又醒，即起身。八時半赴北京醫院注射。上午閱報，參道，中午小睡。下午閱書。晚七時出席紀念謝甫琴柯大會，致開幕詞。十時返家，

阅书至十二时服药二枚如例，
夜半时后入睡。

六月十三日阴，如昨。晚有小雨。

今晨四时许醒来不能再
睡，乃服M剂一枚，后来七时
又朦胧入睡，七时许醒，即起
身。九时赴人大礼陪总的外
宾散后，下午一时返家，午饭后
小睡，下午阅报，参阅，处理
杂事。晚六时赴北京饭店出
席丹麦大使(夫)为丹国庆
举行之招待会，七时半返

家。閱電視一小時後又閱書至十時，服藥三枚，又側臥至十二時後仍不能睡，又服同劑一枚，於翌晨一時許入睡。

六月十二日，晴，如昨。

今晨三時許即醒，小便後又睡，不甜，六時即醒，八時赴北京醫院注射，上午閱報、參、資，並處理雜事。今日為星期，小鋼昨晚到鄉下去了，今日家中很靜。中午小睡，下午閱書。晚到戲曲學院看粵剧和福建泉州的高甲戏。九时返家，又阅书至十二时服药二枚，方久入睡。

三月廿三日，晴，如昨。

今晨四时许醒来，良久方能入睡。七时又醒，即起身。上午阅报、参资、处理杂事。中午小睡。下午阅书，五时出席欢送古巴芭蕾舞团之酒会。七时返家，又赴怀仁堂看川剧挑王宫。十一时返家，服药二枚，阅书，翌晨一时许入睡。

三月十二日，晴，如昨。
今晨五时醒来，因又睡，七时许再醒，七时半起身。八时半赴北京医院注射。上午阅报，参资。处理来信六件。中午小睡。下午阅书，晚阅电视，又阅书至十一时服药二枚，半小时后入睡。

三月十三日，晴，十三度，三度。
今晨五时四十分醒来，因不想再睡，阅书一小时，七时许起身。上午阅报，参资，中午小睡，下午阅书，处理来件。晚阅电视又阅书至十二时服药二枚如例，半时余入睡。

三月十六日，晴，如昨。

今晨五时许即醒，不复睡，乃倚枕阅书至七时起身。上午阅报，参资，准备为文艺报写文（略论六〇年的短篇小说）。中午小睡，下午阅书，晚阅电视至九时又阅书至十二时服药二枚，半时余入睡。

三月十七日，晴，如昨。

今晨五时许醒来，不能再

睡，乃倚枕阅书至七时起身。上午阅报、参资，中午午睡。下午再备写两论五〇年的短篇中后之一文的资料。晚赴国务院礼堂看川剧荆钗记，十时半返家，服药二枚，十一时半朦胧入睡，然零时后又醒有不耐再睡之势，乃服药以剂一枚，约半时后入睡。

三月十八日 晴，中雨，十二度，三度，大风。

今晨五时许即醒，后又朦

朧入睡，但已不酣，六時許又醒，即起身，七時赴机場送作家代表團赴東京出席亞非作家會議常务委員会擴大會議。飛机原定八時起飛，但鄭州、武漢气候不好，九時尚无起飛的消息，於是我們送行者就先回来。閱報、參資。中午小睡，僅半小時而已。下午部长碰頭會議，三時半開始，五時散會。晚閱電視至九時，服藥二枚後倒，於十时半就寝，不久入睡。

三月十九日，晴，八度，○度。

昨晨三、四时左右醒一次，旋即入睡，五时又醒，仍感疲劳，但已不能再睡，倚枕阅书至七时起身，上午阅报，参资，处理杂事，今日为星期，中宁等明日下午来。上午阅报，参资，十时全家赴颐和园游览，并在听鹂馆午餐，下午四时半返，晚阅电视至十时，又阅书至十一时，服药二枚如例，半小时后入睡。

三月二十日，晴，十三度，四度。

今晨三时许即醒，小便后有不能再睡之势，乃服川剂一枚，又阅书，半小时许始又入睡。六时许再醒，又不能睡，朦胧至七时起身。九时在部中小客厅接见罗马尼亚大使（他即将回国），谈一小时。阅报、参资。中午小睡，下午为写稿作准备工作。晚六时半赴国务院礼堂看川剧《二桃杀三士》及《红梅记》，十时返家，服药二枚，于半小时后睡。

三月二十七日，晴，如昨。
今晨五时醒后不能复睡，服H剂一枚仍不能睡，只得辗迭翻而已。六时后索性不作睡眠计，阅书至七时一刻起身。上午阅报、参资、处理杂事。中午小睡。~~晚~~下午阅书。晚阅电视。十时又阅书至十二时服药二枚就寝，未多时即入睡。

三月二十八日，晴，十五，三度。
今晨三时醒来，小便后又睡，五时许又醒，不能再睡，阅书至七时许起身。九时赴紫光阅旧闻於戏曲的会议（通知上说是座谈会）、会上陈总理副与康生讲话、午后一时毕结束、二时许回家、阅报、参资。又阅书。晚七时赴国务院礼堂看川剧大翻臧亲、乔罗帕、十时返家、阅书至十一时、服药二枚安眠剂、未半小时后又服M剂一枚、旋即入睡。

三月二十三日、晴、十七、五度。

今晨三时许第一次醒、未剂即睡、五时许第二次醒、不久亦再睡、七时许又醒、即起身。上午閱報、參資、写稿、(関於一九二〇年起篇大作的來源一段談兒童文學的)。這是从屁股写起、因為兒童文學作品最近方閱讀、記憶猶新故也。中午小睡。下午續写。五时卅分赴巴基斯坦國慶招待會。六时返家。閱書至十一时服藥二枚，半小时后入睡。

三月廿四日，陰、多晴。

今晨四时许醒來、少便後服M剂一枚、再睡、七时许又醒、下起身、繳感到單。上午閱報、參資、写稿。中午小睡、下

午四稿。晚閱電視，又閱書至
十時服藥二粒，至十一時
始入睡。
二月廿五日，陰，小雨，十三、三度。
昨夜小雨，至今晨未止。
今晨四時許醒來，旋又睡至五
時許，五時半起身。八時半出席
部務會議，十一時半散會。中午
小睡。下午三時出席作協之小型
座談會，（荃麟、光年、天翼、文
井、侯金鏡、郭小川、沖僑、一均
的完組的題）。談創作上的問題。
五時二十分返家。晚七時二十分赴
文藝俱樂部（文聯禮堂）看崑

曲研究社第八次彩排，全員都是業餘的。九時半返家，十時服藥二枚即倒，閱書至次晨一時始入睡。

三月廿日，晴，十三、三度。

今晨五時即醒，不能復睡，乃倚枕閱刊物至七時起身。上午閱報，參資、記筆記、弄之。中午少睡。下午練書。晚赴劉協看蘇聯五劇，劇序：水晶鞋（根據芭蕾舞）。九時返家，閱書至十二時服藥二枚即倒，約半小時即入睡。

三月廿一日，晴，十五、〇度。

今晨四时即醒，小便后又服M
剂一枚，旋又入睡，五时许又醒，此
后即未酣睡，七时许起身。九时
半赴北京医院注射。上午阅报、
参资，处理杂事。中午小睡。下午
续写稿。晚看电视一小时，又阅书
至十时服药二枚，十一时许入睡。
今日如有轻微感冒，午饭后
腹胀，欲呕，精神不振。

三月廿四日，晴后阴，十八度、
三度。

今晨一时许即醒，小便后又睡。
后未久眠又醒过，五时醒后不能
酣睡，朦胧至七时起身。上午

讀報、參資、處理雜事。下午四稿。晚閱電視至九时，又閱書至十一时服藥二枚，於十二时許入睡。

三月廿五日，晴，有風，十六度、五度。

今晨二时許第一次醒，少便後又睡，後未又醒过兩次，六时即睡，六时半醒後未能再睡，即起身。八时赴北京醫院注射。

上午閱報、參資、處理雜事。

中午少睡。下午三时會見提克

斯洛伐克駐華大使，四時赴
北京飯店理髮，五時返家，
又寫稿至六時。七時赴本部小放
映室看墨西哥影片珍珠及
御林歸女。十時半返家，服藥二
枚安眠劑，十一時許入睡。
今日午後即患咳嗽，入晚轉
劇，喉部作痛，大概有點腫了。
三月卅日，晴，廿五度，六度。
今晨二時許，六時許又醒一次，
七時許再醒，即起身，咳甚。上
午閱報，參資，寫稿；中午小
睡（僅半小時而已），下午處理

雜事。下午三時赴北京醫院

治咳嗽。晚觀電視至九時，服

藥二枚如例，睐又閱書至十一時

入睡。又服止咳丸一枚。

三月廿日，晴，二十二、七度。

今晨二時許醒來，後不久又

睡，五時再醒，忽然大咳不止，

此後倦極，朦朧睡了半小時，

又醒，如此半睡半醒至七時尚

精神、恍惚，然而亦須起

身。八時赴北京醫院注射，

九時返。閱報、參消，處

理雜事。中午小睡。下午

為儒罗稿作準備，晚並本都禮堂看胭脂虎等三折京戲，此三折本皆禁演，奇建议现在看看是否可以開禁。十一時半返家。服藥二枚如例，十一時半入睡。是日仍然咳嗽，仍然服藥。

一九六一年四月一日，晴，午后有风，廿三度、七度。

今晨四时醒一次，六时许再醒，即去厕，再睡，咳嗽剧烈，昨夜睡时倒没有大咳，起来是那样。Cardenas的話来。上午九时去部黨教會，十二时始畢。中午小睡，下午写稿。晚七时赴天橋剧場看舞蹈学校演出独幕舞剧「无益的謹慎」（此為古巴芭蕾舞團阿丽西亚、阿朗索编剧，該团在中国时舞校学生向他们学的）及胡桃夹子、天鹅湖等片段，十时来逗家，服药三粒如例，不服止咳片一粒，十二时许入睡。

今日午后小睡，仅朦胧半小时，不能眠故，即大咳不止。

小钢与其母于午后二时赴乡下，大概要到星期一早上回来。

四月二日，晴，如昨。

昨夜十二时服，一朦胧即因咳嗽而不能再睡，至今晨一时许，嗽咳之剧烈，为前所未有。吐出粘液（似痰而非痰者）两小罐。后来，穿了棉衣，叠高枕头，半坐半卧，这才睡着了，大概直至晨一时半走开。四时许又醒，幸而倒即睡，六时半又醒，七时起身，喉头隐隐作痛。

八时赴北京医院注射。今日为星期，医院治疗室仍工作，但门诊停止。旋即到帅琴秋家，这是礼节性的回拜，同时也看看瑪耶的两个孩子，都是女的，大的和小宁同年，身体略小，小者也只两岁了(实是满一岁罢)。十时许即返家。阅报，参资。中午小睡。然而也因咳嗽，未得安枕。下午续写稿。日来因咳嗽闻停，甚感疲倦，写稿速度不快。日来千馀字而已。三时十分赴飞机场欢迎韩雪野，韩出席世界和平理事会新德里会议，路过我国，将作为中国作协的客人去京，或另外有短期访问。但他临时因国内促归，去京留一日即将归去。晚五时半去四川饭店欢宴韩雪野。八时半返家，九时半服药二枚安眠，十一时半成眠，咳嗽又并牙痛，且感疲乏太厚。直到十二时半方始入睡。

四月三日，阴，廿三度、九度。

昨入睡后，於今晨四时许即醒，不久又睡，六时半又醒，不能再睡，七时起身。上午阅报、参资，十时赴北京医院治牙。十二时返家，中午小睡半小时。下午二时赴人大出席国务院会议及列席人大常委会，总理对人大常委及列席之国务院职员、政协常委等，作了五小时的国内外形势报告（不发表），晚饭后回家，已八时半矣。倦极，九时即服药二枚就寝。

咳嗽較輕，但牙痛仍然如故，據醫言，此為牙床萎縮，今日已注射青霉素一次並拍了四片。明日須再診。

四月四日，晴，大風，十九度、零度。

昨就寢後不久即入睡，但在十二時許即醒，又睡，約晨三時許又醒，最後今晨六時半醒，即起身，八時赴北京醫院治牙，九時半返家。閱報、來信、處理雜事。中午小睡一小時。下午二時赴26屆世界乒乓球錦標賽開幕式。四時返家。五時十分赴匈牙利使館國慶招待會。七時赴人民大會堂出席歡迎世界乒乓球錦標賽的全体選手之宴會。賀龍為主人。十時返家。服藥二枚即就寢。

四月五日。晴。大風（五、七級）。二十度、三度。

今晨二時、四時、五時都醒过。然后就即睡。五時醒後即起身。七時赴机場送韓雪野。

机场上风大，以后到结稳，又冷。归途到北京医院治牙，返家已九时。

上午阅报，参资。中午小睡一小时。又感冒了。这是今晨去机场上吹风所致。鼻流清水，咳嗽又剧。下午阅刊物。晚阅电视一小时，又阅书至十时服药二枚如例，未几即入睡。

四月六日，晴，十七、五度，今晨三时许醒来，小便后又服M剂一板，五时许又醒（已此共睡七小时矣），未能再睡，乃倚枕阅书刊至六时才起身。上午八时赴北京医院治牙，十一时半返家，阅报，参资。中午小睡，下午续写稿，并已中断执笔两三日矣。晚赴工人体育馆看乒乓锦标赛之预赛，九时返家，阅书，已十二时，服药二枚另剂，一时半后入睡。

四月七日，晴，十七、廿度，中午前后，大风，七级。

今晨四时三刻醒来，小便后又服川剂一丸，再睡，七时半又醒，乃起身。早餐前写复信三封。餐后阅报，九时许续写稿，已十时停笔，阅参考资料。中午少睡。下午二时半续写稿，五时半停笔。晚七时在本部中放映室看广西片「画中人」（这恐怕是多年前的旧片了）。并无特色。八时半返家，阅书至十一时服药二枚，一小时后入睡。

四月九日，晴，二十度，三度。

中午前后，大风，五级。

今晨三时，五时各醒一次。七时醒后即起身。八时赴北京医院治牙，八日去北京医院治牙时因断定牙内已化脓，故要全套上穿一孔，取出脓汁，今日仍继续取脓汁，拔（正当由牵连）自三月注射青霉素后痛渐教而近病牙之下颌肿出一块并含药核，今取出脓汁后肿渐消，牙已不痛，但仍时时有疼胀之感。）九时返家，即开汇报会议，宣我家宝融，汇报项目为北京、长春、西安制片厂生产情形及创作上、领导上的一些问题，下午以后去北京制片厂问题较多）。（又汇报各部直属单位业务、物资情况）。十时散会。中午阅报，未午睡，下午二时半赴颐和园听鹂馆出席文气教台开之座谈会，关于我国雅来之文气理论、美学理论之资料的搜集、整理、批判等问题）。此会本为文气教学者，但以来到会人多，改为作协召开，临时提善，我说了开场白）。六时晚餐，七时半回家，那时座谈会仍在继续。十时来抵家，闻电视至九时，张画于八时许来，九时走。十时服药二枚如例，阅书至十一时就寝，十二时后入睡。

四月九日，晴，有风，但像三、四月。二十度、○度。

眠入睡，曾醒兩次，都即又入睡。二時醒後即起身。今日為星期天，和平時晚來。上午閱報、參資，處理雜事，覆信。中午小睡。下午看電視，轉播世界乒乓球比賽實況。晚七時赴工人體育館看乒乓球團體賽錦標決賽。十時半返家，服藥二枚，閱書至十二時就寢，半小時後入睡。

四月十日，晴，有風，最五度。下午有雲。

今晨四時許醒一次，後未即再能酣睡，服八劑一枚，亦未見效。

未睡未醒已七时卅分起身。八时
赴北京医院注射。九时起续写
前稿，十一时停笔。阅报、参资。中
午小睡一小时。三时赴部接见古巴
文化代表团，四时又续写，七时停
笔。七时卅分赴人大上海厅宴
请古巴文化代表团（十人）。九时半
返家。十时半服药二枚如例，十一
时半，就寝。旋即入睡。（闭目[illegible]）

六月十二日，晴，廿八度，三十度。
有小风。
昨入睡后实未沉酣，约十二时
转即醒，此后即未睡未醒，七时起

来小便一次，於服M剂一枚，直至
凌晨二时无聊以后，方才睡了一小时，
有梦，后来又睡，时间长，至七时许
醒来，即起身。不知何故，昨夜左
股疼痛，虽不剧烈，然而须常
隐々作痛。今姑任之，且看今天
一天如何。八时半赴北京医院治牙，
九时返家。续写稿至十一时，阅报、
参资。中午小睡，下午续写稿至
五时半。晚阅电视至九时，服药
二枚，照例又阅书至十一时就寝。阅
安载壹耕忆完，不久即入睡。

四月十二日，晴，如昨。

今晨四时醒来大便後又不能再睡，再服門剂一枚，後来朦胧睡去，但至六时许又醒，此後即未能再睡，僅半睡半醒，时或打一瞌睡而已。七时起身。八时赴北京医院注射。九时半，續写稿。中午小睡。下午閲報、參資，續写稿一小时。处理雜事。（至今稿已写成七八千字，距完成尚远。全稿约有二、三万字。）五时赴作協接见錫蘭作協秘書長 DESAPRIYA 與 NAMAYAKM（此人出席來京亞非作家緊急會議，由巴金、刘白羽代袁中国作协邀请韦华访问二、三周，他是短篇小说家，作品有短篇集《没有留下的声音》（一九四五）、《复仇》（一九四六）年世界度。按以上材料根据作协外委会报告，但两部作品成书年月或许有误，因一九四五年，他尚不满二十岁也，并且如果早露头角，何以此后十年间又没有写作？抑作协所得材料不全耶？六时在四川饭店欢宴。九时半返家，十时半服宁二枚如例，然而不能入睡，闻书已过晨二时，又服M剂一枚始成眠。

十一月十二日，阴，有风，22、6度。

今晨五时许醒，此后即未能酣眠。近来每逢宴会，归来后常不能睡好，想因谈话多、饮咲稍多，且宴毕常在九时后，饱肚服安眠药往往不生效等等原故。本日我于五时半或至迟六时进晚餐，饭一碗，菜少许而已，至十时已腹空，（但不觉饿），服安眠药后半时即有睡意，而且也能一觉睡足五小时，醒后还可再睡一、二小时，惟已不甚沉酣。只有宴会后即不能睡，服药仍无效。

七时许起身，上午阅报、参资、资写稿。十二时停笔。中午小睡。起来，下午不写稿，处理杂事，写信数封。今日出现腹泻，下午二时泻第二次，时急服消炎片二枚。晚来又再泻，但晚间十一时许又泻了，因再服二片。晚阅电视至八时半，又阅书至十一时，服药二枚即倒於十二时许入睡。

同月十四日，晴，有风如昨。

今晨五时三刻醒来，不久再睡，但甚倦。七时许起身，处理文件，八时赴北京医院注射。九时續寫稿。十一時停筆。中午小睡。下午二時半起續寫稿，五時半停止。晚赴工人體育館看26屆世界乒乓球錦標賽，九時半返家，時尚有三個錦標賽正在進行也。閱書至十一時，服藥二枚而臥，半夜始入睡。

四月十五日，晴，如昨。

今晨四時許醒來，小便後又睡，六時許又醒，七時半起身，寫信兩封。八時半赴北京醫院治牙。九時半去我所開彙報會，例行報告也。十二時散會。

中午小睡。下午为明天的氣材院校来京开会的院校长和教授们的座谈会准备我的讲话提纲，（一些事今天上午才通知我）。氣材院校为了制订教学方案、教材编选计劃等，来京开会已二、三日，此会本由文化部主办，但因中宣部只对召开文科（即大学的）专家教授们同样性质的会议，所以就合併一起来了。明天的座谈会（文化部长主会）是大家见面、通通气的性质，定上午十时到十二时，在人大回北厅，会后便餐，座谈会上没有人先開形，為逃冷場，要我談的長些，約一小時半，因此我得準備點提綱。）又閱報、參資等等。晚七時赴人大宴會廳出席彭市長為慶祝廿六屆世界乒乓球錦標比賽勝利閉幕而舉行之二千餘人的大宴會。九時，又參晚會，十時許我先回家，（看了天鵝湖第二幕，車技和中央樂團的演奏），又閱剛送到的文件（藝術院校的教學方案等等），至十二時服藥二粒而倒，半小時即入睡。

四月十六日，晴，昨晚，大風。

今晨三時許醒來即服藥再睡。

今日為星期，但小寧未來，小鋼來了。十時赴人大堂北廳出席座談會，我沒談了一些時半，沒有俞錄華、吳作人、丁善德（前天為畫家，僅一人為音樂家）講言，至十二時二十分我先退席，赴錫蘭大使為森納那亞克所舉行之午餐。二時半返家，甚倦，小睡一會兒。閱參資。晚閱電視至九時半，又閱書至十時，服藥二枚，如例，半小時後入睡。

四月十七日，晴，廿四度，七度。

有風。

今晨五时半醒来不能再睡，六时半起身，覆信两封，八时赴北京医院洗澡，上午閱報，参资，处理雜事，中午小睡，下午閱新到刊物。晚七时宴錫蘭国客人（森那納亚克）於全聚德，為欢送也，並請錫駐華大使及夫人，九时返家，閱书至十一时，服藥二枚始倒，半小时后入睡。

二月十八日，晴，如昨，有風。

今晨六时醒来，不能再睡，即起身，八时赴北京医院治牙，九时返。上午阅报、参资，续写前稿。中午小睡。下午倦甚，阅新到书刊完。办公厅主任及联络司长来谈接待波兰各代代表团事，谈半小时。晚阅书至十时服药二枚如例，半小时后入睡。

四月十九日，晴，有云，四、五级风，二十一度、九度。

今晨五时许醒来，五时再睡，六时许起身。八时赴北京医院注射。上午处理公事，阅报、参资。中午小睡一小时，下午续写前稿，四时半停笔。晚阅电视一小时，又阅书至十时服药二枚安眠，未十时即入睡。

四月二十日，阴，晴，七度。

今晨四时，五时又醒一次，六时起身，上午处理杂事，阅报，参资。中午小睡，下午续写稿，昨夜就寝较晚，今日精神不甚佳，晚阅电视一小时，又阅书至十时，服药二枚安眠，未十时即入睡。

今日天气预报有雨，然而下午只刮了风，竟无雨。预报晚上有雨，但些也没有。

四月二十一日，阴，多云，二十、七度。

今晨二时许醒来，至五时再睡。又服M剂一枚，阅书催眠，已三时许始又入睡。五时许又为迅比呼唤女佣声惊醒，此后即未能熟睡。五时许起身。八时赴北京医院注射，但到后始知此一疗程十二针已注射完毕，乃即返。上午阅报、参考，续写前稿。中午午睡。下午阅新到书刊。晚五时半赴波兰大使馆酒会，（为庆祝苏波友好互助条约签订十二周年）、[redacted]六时半接见（五伯撝）接见印尼作家代表团，（参加东京的亚非作家紧急会议后应邀来访问的，共五人）。七时半欢宴该代表团。十时返家，又阅书到十二时服药二枚，半小时后入睡。

四月廿三日，阴，有时有阳光，
大风。廿四度，九度。
今晨六时许醒来，即未再睡。
上午续写前稿，至将已写部分再
加修改，因文汇报编辑部，拟先
发前半部(约万二千字)也。九时赴
国务院全体会议，(应为人民大会
堂人大常委会)，十时列席人大
常委会，听周总理报告最近国
际形势(越已入侵)和老挝柬埔寨
问题)。一时回家。又续稿，改已成
之稿，於二时半发出。二时赴机场
欢迎老挝首相富马亲王，及寮
国领袖梭发那冯亲王。四时返

家。晚閲電視一小時，又閲書至十二時服藥二枚如例，半小時後入睡。

阿桑和小寧於今日晚間八時許到家，明日他們回鄉下。

二月廿三日，陰，高，廿度，七度，小風。

清晨五時許醒來，又服小劑一枚，七時許又醒，即起身。上午閲報，參資。今日為星期。

中午小睡，下午整理閲讀筆記。五時半赴古巴大使之酒會，七時赴人大宴會廳，經理為歡

迎富馬舉行之大宴會。十二時返
家，閱書至十二時，服藥二枚如
例，半小時後入睡。

二月廿四日，晴，十九度，七度，
有風，但不大。

今晨五時即醒，不能再睡，六時
起身，覆信，批公文共十來件，八
時赴機場，富馬首相於九時來到，
我們革命送行。今天和歡迎那
天一樣有群众，大概四、五千人；
那天有一万。除一筆汽油費(因為
要用汽車把他們送到)，頗可观也。
飛機定於九時半起飛，向城內

已十时许。昨夜睡眠不好，今日精神不佳，于是去理发（已有一个半月未理发，五一节近，外宾多，今不及时理发，将来更无时间）。十时返家，阅报，中午小睡一小时。下午阅参资，听电报一小时。（下放到苏北丰沛地区的各部干部的领队回京电报该地区情况）。晚阅电视到九时，又阅书到十一时，服药二枚，如例，半小时后入睡。

四月廿五日，晴，廿四、八度，有风，尘因而不太大。

今天五时醒来，不能再睡，即起身。批覆文件。九时卅分赴北来医院治牙，(此为最后一次)。阅教、参考。中午小睡一小时，下午阅文件、审教材料、处理杂事。

今日精神很不好，头晕发冷。

晚阅电视半小时，(没有好节目)，又阅书五十分，服药二枚，照例半小时后入睡。

四月六日，晴，如昨。有风。

今晨二时许第一次醒，小便后即又不能再睡，头热，乃服眠剂一枚，四时许又醒，又许久入睡，六时许醒后，头晕，然而不能再睡了，即起身。上午阅报、参考，续写前稿。中午小睡。下午续写前稿。晚在本部小放映室看香港片，八时半回家，又阅书至十时，服药二枚，也倒床半时后入睡。

八月廿七日，晴、热、廿度。

昨夜入睡后不久即醒，此后未睡未醒，直至十二时后加服眠剂一枚，大约於今晨一时许方才熟睡，今晨五时许醒来，仍甚倦，然已不能再睡，七时后起身。上午阅报、参考、续写前稿。中午小睡。下午三时接见刚果大使。四时续写前稿，五时半停笔。七时在四川饭店宴请缅甸作家吴登貌等二人，他们都是从东京开会，访问越南以又来我应邀国访问的。今晚的宴会也请了缅驻华大使。九时回家，阅书至十时服药二枚，至十二时半始有睡意，旋即入睡。

今日午后及晚间大风。

四月廿八日，晴，七、十二度。

今晨四时醒，后即不能再睡，七时二十分起身，头晕。八时赴北京

医院，与蔚访视并开单住院注射

努夫专用，医生说：注射努剂者

甚多，头昏的效果是睡得好，专

是内分泌伴的效验则未显见。

今天开了单子，搁过了两已略印再

去注射。七时返家阅报，参览、

处理杂事，中午小睡一小时，下午

到学校补写前稿。三时专赴

为印尼作家代表团筹行

印尼找我之返舍，七时返家，署

进晚饭，又赴京联访华音乐家之之

[illegible]

[illegible]闭幕式演出（中苏音乐

家合作演出），幕去使安出，十时

始返家，到家时已十时二十分。服

药二枚而倒，看文件，於十一时半入睡。

四月廿九日，如昨，有云但亦有风，上午十时许，大风至晚稍小，下午三时有毛毛雨。

晨四时二十分醒来，有不舒再睡之势，乃服门剂一枚，始於五时二十分左右又入睡，七时许醒，即起身。处理杂件，阅报，九时，部长汇报会议，十二时半结束。中午小睡。下午续写前稿。五时去部内接见几内亚大使。六时返家晚餐。七时半在部内小放映室看法国片（勇士）与合门和僅次於上帝的人。此两片均法门

肝中已為難得的較有教育意
義者。停寫已十一時先畢，服藥二
枚，又閱關於印尼、緬甸兩作家代表
團在京活動情況的彙報及文
化部的關於藝術院校校長、教
授、演員、書家等座談會的彙
報。閱畢、十二時半就寢，不久入睡。

四月廿日，晴，如昨。午後大
風，塵土滿室。
昨晨四時許醒一次，後又睡至
五時許又醒，頭暈，然已不能
再睡，即起身。上次開數，參
資。續寫前稿。近日趙之遠之

码，每日仅得千馀字而已。中午少睡。刊毕，未克续码，仅处理若干例行公事而已。今日只码了五百来字。晚七时赴人大宴会，为庆祝五一。九时半返家，阅书至十时服药二枚如例。十二时许就寝，半小时后入睡。

一九六一年五月一日，阴，有风，廿七度、九度。

今晨五时许即醒，不愿再睡，即起身，因女仆走了，自己做清洁工作。七时半至九时半写关于卧薪尝胆剧本之评论大纲。阅报、参资。上午已毕。中午小睡一小时。下午阅新到刊物。四时半赴东总布胡同参加中国作协与印尼作家代表团联合声明的签字仪式，（我会代表中国作协签字），又举行酒会欢迎印尼作家代表团。六时半返家。

六时许赴天安门看烟火，拥拥挤挤、热闹，但比前几年少受挤多了。九时返家，阅书至十二时服药二枚安眠，未半时即入睡。

五月二日，晴，又有大风。昨今晨五时许醒来，不能再睡。六时起身，做清洁工作：（把卧室的书橱、窗，以及书房窗上的积土弄掉，积土之厚，惊人。这是所谓女佣者的工作成绩），七时半止。上午阅参考消息，极倦，实且无感，双目发耗。处理杂事。光明、大公、今日先到，但人民日报至十时尚未送到，想来是昨夜狂欢，我们这里以及患病人员亦在梦中也。中午小睡。下午三时读昨前稿，五时停笔。晚六时至本部大礼堂听评弹，十时半返家，又阅书至十一时服药二枚如例，十二时后入睡。

二月三日，阴，有大风，二十、七度。

今晨三时醒一次，五时许又醒，不能再睡，即起身。五时至七时半整理撕作「闲老卧舒书胆如例」书的文材料。八时赴北京医院注射。上午阅报、参资，不知何故，今日眼睛尤为昏耗，特别无法躺以后。中午小睡，下午三时赴政协出席指导华侨观光团座谈会，六时半返家。七时赴天桥出席阿尔巴尼亚歌舞团访华演出开幕式，九时半返家，略阅书至十一时半服药二枚如例，半小时后入睡。

五月四日，晴，寒，十度，中午有风。

今晨五时许醒后又睡，七时一刻又醒即起身。上午阅报、参资、续写前稿，中午小睡一小时，下午三时继写前稿至五时止，今日写稿二小时后即觉形单，休息约一小时始寝。
六时赴作协接见以色列儿童文学
作家罗兰·吴尔（Rose Wuhl），七时
在国际俱乐部便宴款待，九时
返家。阅书至十一时服药二枚后倒，
十二时后入睡。
五月五日，晴，大风，兰，十度，
早晨五时许醒来即不能再
睡，六时许起身，八时赴北京医
院注射。上午阅报，参资，处
理杂事，覆信。中午小睡，下午
三时接见新任使古皮里根，七
陪总接待缅甸代表团中
时赴~~国务院为庆祝中南作~~

缅边界联合委员会（缅方代表）之
宴会，宴后有文娱晚会，直至十
二时始返家，服安眠药二枚如例，至次
晨一时入睡。
今日上午注射成功单。
五月六日，阴，廿九、十三度，有
风，四、五级。
今晨五时许即醒，以又膀胱胀至
七时许起身。（五—七时实未入睡，
因倦甚，故既非清醒亦非先知
觉，隔室由北射来女僕之语
声，一听多由耳也）。覆信一封。九
时即去们汇报会议，十二时结
束。中午少睡。下午阅報，参资。

十时赴西大使为庆祝中西合作条约一周年之宴会，十一时返家，阅书至十二时半服药二枚如例，十二时半入睡。

五月七日，晴，古九，如昨。

昨夜雷星星雨雨了欲止雨，今晨阳光照眼，但不久又多云。今晨五时醒后不能再睡，六时起身，作札记一小时，七时赴北京医院注射。上午阅敕参资，今日为星期，翠楠小宁来，两孙都在我书室外之小客室中玩耍，小文看电视，声闹大闹

天宫，我不能静心写作，乃整理
闻於卧薪尝胆之笔记，中午
小睡一小时，下午二时半续写前
稿，至五时止，共得千数百字，桑、
吉燮、十宰都於四时半返卿下。
晚阅电视至九时，又阅书至十
时半，服药二枚，於十一时许入睡。
五月八日，晴，午后大风，二十九、三十二度。
今晨四时醒来，大便后又睡，但
不酣，至五时起身，整理札记一小
时，八时至十一时续写前稿，中午小
睡一小时，下午阅报、参考，三时续
写前稿至四时二十分止，四时五十

分赴新侨饭店参加印度大使为庆祝泰戈尔诞生百年纪念之招待会，（泰为世界和平理事会纪念的去年世界文化名人之一），七时返家，阅书至十时半服药二枚如例，半小时后入睡。

今天燥热，又加大风。

五月九日，晴，午后大风，仍燥热，二十八度，十三度。

今晨四时许醒，即大汗再酣睡，朦胧至五时，起身，作札记一小时，八时赴北京医院注射，九时返续写前稿，至十一时半休息，计此稿至今断断续续写了将近一个月，其中实在执笔时间约六、七十小时，共得三万字许，今日已写完正文，现仅剩一个结尾约三、四千字，将于明天一早写完它，但愿明天不出别事打乱我的布置。

中午小睡，下午阅报、参资，处理杂件，五时二十分赴捷使馆的国庆招待会，七时半返家，续阅书报，十时服药二枚即倒，半小时后入睡。

五月十日，晴转阴，傍晚，半雨，并有小风。

今晨四时许即醒，后又朦胧

再睡，六时许又醒，感到疲倦，但不能再睡了，即起身。六时—七时写札记，九时阅报，十时续写前稿，十一时止。阅参资。中午小睡。下午处理文件，三时—五时续写前稿。晚阅电视，又阅古画十时服药二枚，未几即入睡。

五月十一日，阴，有风，如昨。但因昨夜有些雨，晨起稍凉。今晨四时许醒来，即又睡，但不酣，五时许又醒，不能再睡，即起身。五—七时作札记。八时赴北京医院注射。九时阅报，九时半续写前稿，十时半完毕。
至此全稿完成，约共三万字。处理
杂事，阅参资。中午小睡。下午
三时刘白羽来，报告东京亚非
作家会议情况，五时去。晚校
阅改两写之稿，八时—十时始毕。
十一时半服药二枚，半小时后入睡。

五月十二日，晴，花，十二度，午
后大风。
昨晨四时许即醒，此前约每一
时许醒过一次，不能再睡，遂仍
感疲倦。偃卧至六时许起身，
作札记，七时半止。七半阅报、
参资。处理杂事。中午小睡，

下午为肩血、黎黄起的「世界一百」第二编写一短文。晚阅虞视一小时、又阅书至十时服药二枚后如例、半小时后入睡。

五月十三日、晴、如昨、有风、

今晨四时许醒来、后又断断续续睡了一些时候，七时起身。连日甚感疲劳。八时赴北京医院注射、九时主持纪念太戈尔寿会的最后一次会议。阅报、参资、中午小睡一小时。下午阅亚非作家会议东京紧急会议之文件（主要发言者之发言稿）。晚观本部小放映室看波蘭片，八时半返家，又閱书至十时服药二枚，半小时后入睡。

五月廿四日。陰，廿七度—廿度，午雨白天雨风不大，夜间转大。

今晨五时许醒来后又朦朧未睡，至五时許起身。上午閱报、参资，為亞非作家紧急会议至胜利成功写一篇座谈的庆祝文章。中午小睡一小时。下午續写此文，五时脫稿。今天小鋼到绵下去了，小宁他们没有来，家中相当静，故能集中精力写完此文，約共三千四百字。今日為星期，無電影他出事打岔，故到一气写完，然尚稍疲力竭矣。

晚阅電視轉播山东（青年）躍进剧团（柳子）之宝蓮灯。此戲有人去为吹捧，連来过好几次戲票（都是研究「宝會」，系机関办的），均因事未能去看。今在電視中看了，觉得果然不差，也可以说甚好，但武打比唱好，唱有合唱、独唱、对唱之类，不過花样多些耳。故事与舞剧之宝蓮灯十之八九相同。十时看完，服药二枚，即去到睡，阅书至十二时始有睡意，去睡是十二时半矣。

睡。预告夜有小雨，但竟没有。

五月十五日，晴，无晖，有风，

昨夜很晚才入睡，今晨三时许却就醒了，此后无论如何不能再睡，四时许开灯阅书，五时再躺下，仍不能睡，挨到六时起身，但仍然不能睡了。昨天用脑太多，写文章赶的太急之故。昨下午为了振作精神，还喝了咖啡（一杯）。八时赴北京医院注射，阅报、理发、阅参资。中午小睡约一小时，精神稍稍好些。下午二时半赴政协礼堂主持印度诗人泰戈尔诞生百年纪念会。五时接见波文化代表团。(团长是波文化部表副部长加尔斯吕茨基)。七时在北京饭店欢宴波文化代表团。九时半返家。批阅公文。及读书。十二时服药二枚。半时始入睡。

五月十二日。晴。有风。廿度。十六度。但清晨室内冷。

今晨四时许醒来。后又睡着。五时半又醒。五时起身。上午校改前日为宣传亚非作家东京会议巨大成就之文章，处理杂事，阅报、参资等。中午小睡一小时。下午为写50年的儿童文学作品准备工作——阅读50年发表的儿童文学作品（刊登于各刊物的）。午后大风，阴而无雨。晚阅电视一小时，又阅书至十二时服药二枚，半小时后入睡。

五月十二日，阴，有风，冷。

今晨四时许醒来，后又睡，五时三刻又醒，五时起身。五—八时阅儿童文学（去年刊物所载），八时赴北京医院注射。九—十时又阅儿童文学作品。十时半—十一时半阅报、参资。中午小睡一小时。下午二时半到本部小放映室看挑选出来借研究审核之故（未说明何以要审核，及映）民族生活的影片两部，《摇篮的故事》片十部，今天放映者为边塞牧大，犹何的乡村（看了一部而散，无人发表意见）。这些都是拍了很久的，亦封存也。六时始毕。晚阅电视一小时，又阅书至十时，服药二枚，十二时后入睡。

五月十六日，晴，多时，有风不大。凌晨四时半醒来后再睡，八时起身。上午阅报、参考资料，阅现在文学、电影信四封。中午小睡一小时。下午四时半在文联礼堂主持庆祝亚非作家东京紧急会议之报告会，十一时始毕。晚阅电视一小时，十时又阅书至十时，服药二枚，十一时即入睡。

三月十九日，阴，时晴，有风。

今晨四时许醒来，即又睡，但不甚酣，五时半又醒，六时起身。做清洁工作一小时，因为女佣人又走掉了。八时赴医院注射，上午阅报、参资。阅完重文学作品。中午小睡一小时。下午续阅完重文学作品。晚赴剧协看波兰摄剧之超现实主义剧片里桃王子。十时返家，服药二枚，於十二时许入睡。

五月二十四日，晴，午后大风，如昨。

今晨四时许醒来，后又睡至六时起身。做清洁存半小时，又作札记。九时部务会议，十二时半结束。中午少睡一小时。下午阅儿童文学至五时。

寻邢子宁来家。

晚阅电视一小时，又阅书至十时服药二枚，十二时许入睡。

五月二十五日，阴，如昨。

今晨二时、四时各醒一次，五时半

醒后不到再睡，即起身，做清洁
作，半小时，上写午西泉信两封，阅
报，参资，赵清阁来谈半小时。
中午半刻入睡，与躺着休息了两小
时。下午眼血昏花，此为近来常有之
病，只得休息，上药水后稍可。
今日为星期，学新写字下午
五时返御下。
晚阅电视一小时，又阅书一小时，于
十时服药二枚，半小时后入睡。
五月二十六日，阴，有风，天气预
报所言最高廿九、最低十五，但我
觉得比昨天冷了些。
今晨四时许醒来，不能再

睡，躺到五时半起身，写了笔记二页。做清洁工作半小时。上午閱教、参資、閱少年兒童文學作品。中午小睡一小时。下午仍閱兒童文学作品。晚閱電视一小时。节目无味），又閱书到十时服药二枚，半小时后入睡。

五月廿三日，晴，有风，卅、十五度。

今晨五时许醒来，又瞌睡到五时卅分起身。做清洁工作半小时。写中无偉人已将十天矣）。覆沙博理寄四日来信。读教、参資、读「少年文藝」各年的第一期。中午小睡。下午读了「少年文藝」各期年第二期。今日赴北京医院注射。
晚閱電視一小時，又閱書到十時服
藥二枚，半小時后入睡。
五月廿三日，晴，無雨，有風不大。
今晨四時許醒來，不能酣睡，
五時許起身，從清洁工作半小時。
作筆記。閱報，參資。中午小睡，但
斷斷續續，只一小時。聊勝於不睡罷。
下午看有關少數民族之電影（舊
片一部，新片一部），極疲倦，晚看電
視一小時，又閱書至十時服藥二枚
照例，半小時后入睡。
五月廿四日，晴，卅度，十六度，

有风，午后转大。洗脸擦面，

凌晨二时许即醒，有些欲入睡之势，乃再服剂一枚，阅书至三时许再睡，但五时许又醒，又朦胧至八时半起身，做清洁工作半小时。九时赴北京医院注射，上午阅报，参资，完整文学作品，中午小睡，断断续续阅一小时。六时半赴东部小放映室看电影，八时半完。处理杂事，晚看电视一小时，又阅书至十一时，服药二枚，半小时后入睡。

五月廿七日，阴，有时晴，大风

燥热，如昨。

今晨二时许醒一次，五时许又醒，六时再熟睡，朦胧至七时起身，做清洁工作半小时，记笔记一小时。上午阅报，参览，处理杂事，例行公事。中午小睡一小时。下午阅儿童文学作品至五时半。晚阅电视一小时，又阅书至十一时服药二枚如例，半小时后入睡。

五月廿八日，阴，有毛毛雨，泥土也未时打雷，午后大风，二十三度、十三度。

今晨四时许醒来，有六时再睡之势，服药一枚，又阅书一小时，于五时许又入睡，七时许再醒，即起身。做清洁工作半小时。上午阅报、参考，处理杂事，读儿童文学作品。中午小睡一小时。下午读儿童文学作品。六时赴阿富汗大使馆之招待会（阿日庆），九时半返家。阅电视一小时，又阅书至十一时服药二枚，半小时后入睡。

五月廿九日，晴，十时后起风大作，半夜预报所说"转多云"而是万里无云。卅一度、十五度。

今晨四时许醒来，后又睡，五时半再醒，起床，然而不能再睡，六时起身，做清洁工作半小时。八时赴北京医院就诊，循例也。据医生云今天我的血压比上次（即一个月前）稍稍高些，（即高压一百十度，（上次不到百度），低压七十五度。但我们时时有新举。医生认为应当再注射B12十二针。九时返家。续教、参阅、完善文学。中午小睡一小时。晚看电视柳子戏（五人去三楼小礼堂），至十时半返家，服药二枚，不例，半小时后入睡。

五月廿八日，晴，有小风。昨夜晨五时醒后即不能再睡，躺到六时起来，做清洁工作一小时。今日为星期，去阅教、参阅、完善文学。中午小睡一小时。下午三时全家去看飞车表演，其挑战，表演者一男青年，二女青年，技术皆熟悽，两女的尤佳。晚阅電視一小时，又閱书至十时服藥二枚，十一时未入睡。此段為補記。

五月卅日，晴，比昨，較高，傍晚有大風，塵土飛揚。

今晨五时醒後不能復睡，五时未起身。（至此以前，约至三时許又曾醒过，当时即服眠劑一枚，以為可睡到五时許，不料至仍不睡了二小时許）。做清潔工作一小时。計家中无女僕已將一月矣。每日早起灑掃，原亦不坏，至少可促便秘，（恐怕这些勞動对於改造思想未必有助，不但这些勞動，我常见下放農村勞動一年者，臉晒黑了，手粗糙了，農業生産情況會一点了，嘴巴上講一套，比过去更能幹了，但其思想作風如何？進步了？不，不是進步，而是仍然和從前一樣）。矛盾之处在於情緒精神較好了，時少讀一些時的書了。

上午閱報、参資、讀兒童文学。下午二时赴波蘭使館為波文化代表團舉行之宴会，三时返家，下午疲勞。未再讀書，僅處理若干雜事。晚閱電視至九时半，服藥二枚，又閱书至十二时就寢，前日十一时半入睡。

五月廿日，晴，中午有雷雨，卅五度，十七度。

清晨五时醒后未能再睡，五时半起身，做清洁工作一小时。上午阅完本文学，日报，参资。中午小睡一小时，下午二时阅参资。三时半，山群来谈，五时辞去。天热引晕。晚阅书至九时，服药二枚如例，十时半入睡。

一九三一年五月一日，晴，多云，东风，四五，十七度，乾燥，使人气喘。

今晨二时许即醒，未半时仍不能再睡，乃服阿斯匹灵一枚，阅半小时始复入睡，第二次醒来则为四时半，又不能再睡，风吹树叶，声似下雨，起视则满云漫天，远未有止滴下降。五时半起身，记笔记至六时许，做清洁工作半小时，倦甚，因昨夜未安枕也。七时到武成殿，习副总理接见波多代表團，我乃陪见也。十一时返家。中午少睡一小时。下午三时，访阿尔巴尼亚大使辞行。四时归去。

今日因头晕，仅阅报、参资，未作他事。晚七时酒会欢送波多代表团，九时许返家。十时服药二枚，又阅书至十一时，半小时即入睡。

五月三日，阴，大风，廿三、十七度。

今晨二时许醒来又睡，四时许又醒，再服M剂一枚，只朦胧了一小时，五时半再醒，不久再睡，旋即起身。阴云满天，但无雨。

做清洁工作一小时。九时赴北京医院诊治目疾，又赴百货商店定制衣服，十时半始返家。阅报、参资。中午小睡一小时。下午处理杂、公事。晚阅电视一小时，又阅书至十时服药一枚，半小时后入睡。

五月三日，晴，大风，最、十五度。

昨夜或今晨有小雨，故今晨气温陡降。今晨三时许醒来，后入睡，四时许又醒，服镇静剂一枚，又朦胧睡了一小时多，八时许又醒，即起身，漱洗，做清洁工作一小时。旋记笔记至十时。

閱報。九時，彙報會議，十二時畢。中午小睡一小時。下午閱參資，處理雜事。晚七時半看馬戲。十時返家，服藥二枚，於十一時半入睡。

五月四日，晴，有風，中午甚大，華氏七十五度。

今晨二時醒後即再睡，四時再醒，有不得睡之勢，乃服劑一枚，五時半又醒，甚倦，乃不得再睡矣。九時許起身，做清潔工作半小時。上午閱報，參資。中午小睡一小時。下午閱參資。又処理雜事。今天时时到筆。
晚閱電視二小时，十时服藥二枚，
閱书至十一时，十二时始入睡。
今月晴，陰，仍有风。廿二度，
十五度。下午甚燥悶，南风。
今晨四时即醒，不能再睡，五时
许掌燈起来看书，至七时，做
清理书半小时。
連日有人介绍女僕来，都是看了
看，了解一下，就不再来了。梅坤介
绍一位吳人，原說昨日由梅坤帶她
来，方於昨日梅坤来電話說，這
已另有高就。女僕之难请，架子之
大，一般中級干部，都望塵莫及。（印）雨

七时，写笔记作。阅参考资。中午小睡一小时。下午续阅完重文学，对付写毕。医生尝言此乃血压太低之故，无法医治云云。二——三时，三——四、四——五时各休息二十分钟，五时已将所定今天要阅之书均已看完，遂休息。六时赴锡兰大使馆之招待会——为锡兰来迎佛牙代表及锡驻华大使告别而举行。七时半返家，阅电视已九时，又阅书已十时服药二枚安眠，十一时二十分左右入睡。

今日天气预报有阵雨，然而点滴均无，预报常常不准确。

五月六日，阴，时间作。仍有大

风，如昨。

今晨四时醒来，旋又睡，五时四十分再醒，即起身。（昨夜于十时服药二枚，仍至十一时尚未睡熟，故又服一枚）。做清洁工作一小时。

昨日有人介绍了一个女佣来，约二十来岁，说三十来岁，向来是在军人家里专管小孩子的。安徽人。此人来了半天，由此就看不惯她。算了，此人一向是终天抱小孩子专门干的，而今要她烧饭和打扫房间，她一定会觉得太忙了，看来今日或明日她就要走的。特别是由此看不惯，出口就没好气，看来此人一定要走了。

上午阅报，参资、览古文学。但

約四時到畢。中午少睡一小時。下午三時接見加納大使，四時半接見馬里大使，如此，一個下午都報銷了。（馬里大使直至五時始辭去）。晚飯後倦甚，到畢。閱電視一小時。到畢稍可，於是又閱參讀至十時服藥二枚，於十一時半始入睡。

六月七日，陰後晴而多雲，稍覺悶，但仍甚乾燥。昨午夜有陣雨。今晨三時半醒來，有不能再睡之勢，於是又服眠劑一枚，然而無效，仍不能酣睡，只是迷糊而已。如此半睡半醒直至八時，甚倦，不想起來，八時十五分終於起來了。

做唐诗作业半时。上午阅報、
参資、整理所借儿童文学的札記、
擬明日開始動筆、但不知有事打
岔否乎。中午小睡一小时。下午
三时陳白塵来談二小时。仍整理
札記。五时赴阿尔巴尼亚大使之招
待會(告別會)、七时半返家。晚
閱電視一小时、又閱书至十时半服
藥二枚、半小时后入睡。
六月八日、晴有时有雲。廿七、八
度、十七度。
今晨三时许醒来、即不能再睡、
乃再服川剂一枚、又閱书半小时、
始再朦胧入睡、六时頃又醒、甚

倦，六时半起身，做清洁工作半小时，上午覆信五六封，阅报，参览，整理札记，看写六十年的完整文字作毕简，十一时接见阿尔及利亚外交使团团长（即大使），中午小睡，下午续作那论文的毕简之作，晚七时赴人大会堂中礼堂看法西歌舞团演出，十一时返家，服药二枚即倒，半小时后入睡。

六月九日，晴，比昨日热，有风，幸而不太大，昨日闷热，天气预报说白天有雷雨，但天公不配合指挥，先雷而无雨，此为预报失灵之不知其为第几次也。

今晨四时半醒来，即起，稍稍再睡，朦朦胧胧到六时十分起身。做清洁工作半小时。上午处理杂事，阅报，参阅资料。因少睡，精神不好，中午小睡。下午为写稿作准备。晚阅电视一小时，又阅书至十时服药二枚，半小时后入睡。

六月十日，晴，有大风，廿七度，二十度，热不可耐。

今晨四时许醒来，后又睡，又时许又醒，即起身。做清洁工作一小时。今晨无电，无先水。连日只楼下有水，二楼只隔夜有水，十分不便。十时赴北京医院注射，又赴北京饭店理发。上午阅报，中午小睡。下午阅参资。四时刘白羽来谈一小时。五时赴作协接见印尼两位女作家。露基亚，印尼人民文协中央理事盖雅於達多人会主席、文学协会理事，一个儿童杂志和妇女杂志的编辑，在印尼相当有名。第基亚蒂，教员，妇女觉醒协会和人民文协、文学协会的活动分子，予妇女部活动记者，她是郎尼共党员。十时去四川饭店欢宴廷西住女作家，六时许返家。

今日极热，尤其楼内是自来水没有，二楼亦厕均无，楼下亦时断时续，水管出水如细丝。直至半夜十二时后，二楼方有时断时续之水出，二时风起时后稍大，因为热，我直至二时后始入睡。睡前服药二次，第一次十时半，二次照向例，十二时后又服此剂一粒。

八月十二日，晴，有小风，继转大，但仍是热风，卅九度，苗度。

清晨六时後即无水，二楼、楼

下都没有，幸而昨夜（实为今晨二时左右）稍稍储蓄了些，而不至炊无水也。

上午阅报，处理杂事，材料，极为倦甚。昨只睡三时许。今晨二时后入睡，五时许即醒，又不能睡了。中午亦不能睡。榻上出汗，几桌皆热。忽然这样热，（在六月初间），这是未有的。北方数有乾旱。下午仍阅参资，处理杂事而已。晚间电视转播雷雨实况尾声，只看了一只幕看不下去了。九时许服药二枚，十时许入睡。

六月十六日，晴多云。有风有

时大风，热而明白。

约是四时许醒来，不服门剂一枚，於五时卅分以后又醒，即起身。这时肠胃里还可以流出一些水来，但来出时成即立滴，但已先矣。我们按照这来出时内积存一些水，做清理工作的来时，一此已习以为常了。所谓"保姆"者，老实说，女佣而已，还是找不出。现规之人说，现在所谓保姆者，有多前清来年职班中之名角，每年万元之聘，她们有十二万的可能搞肥而嘅也。这是新社会的怪现象。

九时去赴飞机场欢迎越南

范文同总理为首的政府代表团、
九时返抵家、即赴北京医院注
射，午间散、中午小睡，下午处
理了公事、阅参消。晚六时
出席代总理为越南政府代表团举行
之国宴。宴后晚会（吉利杨门女
将）、十二时返家，服药二枚，于次晨
一时半入睡。

五月十三日、阴，有风，廿度，廿二
度。经过前天的燥热，今天是凉快
得多了。预报白天有雨，晚间
有。

今晨五时半醒来，不利再睡，
并且不可再睡，因七时才须起

机欢迎苏加诺（印度尼西亚总统）。他和随员四十人乘专机来。我空军八架列队于领空迎接苏加诺座机至，翊卫到北京机场，苏检阅仪仗队时鸣礼炮十九响，此皆前所未有，特以隆遇此好客之总统也。十时半返家。阅报，处理杂事。中午小睡，约二小时。疲倦得以略减，但眼睛仍然酸痛流泪。下午阅参资。晚七时赴刘主席为苏加诺举行之国宴，宴后晚会（舞剧宝莲灯），十二时返家，服药三枚，一小时后入睡。昨日及今日之迎宾晚会均由中越友协、中印民友协和委代部出名举办。

六月十四日，晴，有风，午后转大。据气象预报比明天冷，然而我室却又相反。

今晨五时许醒来，极度疲倦，膀胱又睡至七时许起身。做清洁工作半小时。八时赴北京医院注射。上午阅报、翻到刊物、参资。中午小睡一小时许。下午处理杂事、公事。晚六时赴美加诺德的宴会。十一时半返家，服药二枚如例，十二时半入睡。

六月十五日，阴，有小雨，廿九度、三十度。

今晨六时许醒来，因又膀胱睡

七，因预先开了闹钟，故在六时许
惊醒，即起身。其时十分疲倦，然
而七时半要赴机场，势不利再睡。
做清洁工作一小时。七时早餐，七时
半驱车赴机场，欢迎泰加诺。欢迎
仪节和欢迎词。十时始返，抵家已为
十时半。上午就这样化掉。阅报而
已。中午小睡一小时。下午阅参消，
处理杂、公事。晚七时半赴人大宴
会，[illegible]越南大使为范文同总理
访华而举行的盛大宴会。十时
返家，服药二枚，于十一时许入睡。
六月十六日，如昨。有风。上午晴，
下半多云。

今晨三時許即醒，後又睡，五時許又醒，此後即不再入睡，六時許起身，做清潔工作半小時，八時卅分赴機場歡迎越南政府代表團，九時返家，又赴北京醫院注射。十時半接見日本作家代表團（全部為日共黨員），團長為江口渙。十二時返家。中午小睡，下午閱報，參資，處理雜事。晚閱電視，赴人大三樓小劇場看同州柳子戲，十一時返家，服藥二枚，於十二時半入睡。

六月十七日，晴，後陰，卅度

左右，廿五度。

今晨五时醒后又睡，至六时起身。做清洁工作半小时。上午处理杂事，阅报。十一时赴“福建厅”欢迎日本经济代表团的宴会。二时半赴政协礼堂主持高子基逝世二十五周年纪念大会，（休息后看电影“母亲”），六时二十分返家。晚看电视至十时。桑岛宁今晚七时五十分到家，此时有毛毛雨。十时服药二枚，少顷，又阅参考资至十一时半入睡。

六月十八日，阴，时有小雨，东南风，天气骤冷，廿五度，十五度[illegible]。

昨夜四時即有雨，今晨仍有之。今晨五時醒來又睡，七時起身。做清潔工作一小時。八時赴北京醫院注射。上午閱報，並為史季文寫論文作準備；並自本月十日以來，以忙於打雜，擱起已久。

今天為星期，沒有例行公事。中午小睡一小時。下午閱參資，不知為何，照例時時費耗。晚七時宴送以色列作家露絲、烏朵。八時返家。九時服藥二枚，一小時後入睡。

六月十九日，陰，時有小雨，有不大的風。廿四度、十七度。

今晨四时许醒来，看文睡，六时许再醒，即起身，做清洁工作半小时，上午写関於究竟文字的論文，閱報、參資，中午小睡，下午續寫論文，然而刚写了数十字，即得通知，总理将去三时对文氣工作者（此为中宣部召集三省市有关宣传部负责文氣的部长或副部长，又三省市文化局長，及其他方面之會議，今日為擴大会议，专为传达總理作報告）報告，於是散會，七时半始返家。

甚疲劳。晚阅电视至十时，于
十一时服药二枚，但直至十二时半
始入睡。
六月二十日，晴，卅度，廿七度，
有风，相当大。
今晨四时许醒来，又睡，六时许
再醒，即起身。做清洁工作至八
时。八时赴北京医院注射。处理
杂事。九时三刻动笔续写论文，
十时三刻停笔，阅报、参资。中
午小睡。下午续写论文，五时停
笔。感觉得很疲倦。晚阅电视
一小时，十时服药二枚，阅书至十

一时始有睡意，半小时后入睡。

今日午后热风煽持，干燥难当。

六时后二楼水管中又无水矣。

六月二十二日，晴，有云，有风，但燥热难堪。卅七、五二度。

今晨三时许醒来，小便后又睡，六时又醒，即起身，做清洁工作半小时，右眼有点疼，流泪。上午阅报，参资，续写论文，中午小睡，下午续写论文，至五时停止。

晚到政协看舒传吉和她的父亲，一些直中央宣传部诸公纷纷许之佳作也。九时半返家，十时半服药二枚，半小时后入睡。

七月二十六日，晴，有云，有风，中午特大，仍然干燥闷热。卅五、六二度。

今晨四时许醒来，不能再睡，朦胧至六时许起身。做清洁工作，未七时。昨天找来了个女仆，於是每日清晨就「热闹」了，今晨四时醒后之不能再睡，由此有闹。主妇教女仆，呵[redacted]女仆之声，楼上楼下，时时传来，於是不能再睡。八时赴北京医院注射。九时半续写论文，十时半休息，阅报、参资。中午小睡。下午续写论文至五时。晚

闊霞視来少时，又闊霞剝創作
今段同毅正十时来，服藥二枚，
来少时回入睡。
今日燥热，晚十时许大风，微雨至
節，不久即止。
七月廿三日，阴，有风，卅二、十八度。
預毅白天有陣雨，但至五时仍无
一滴未下。
今晨三时许醒来，此不能再睡，
服M剂一枚，不久即睡，五时许又
醒，这了真正不能再睡了，即起
身，做清洁工作凡一小时。八时来
續写論文，十时来信董，闊毅、
来讀。中午小睡一小时。下午二时

续写论文，五时毕。此文共约万五千字。晚阅电视一小时，又阅电影会议简报，十时服药二枚，十一时入睡。

六月廿日，阴，有风，有时甚大。气温如昨。但预报说白间夜里都有雷雨，却都没有。

今晨二时许即醒，又服门剂一枚，于六时醒来，即起身。七时廿分赴北京医院注射。八时至九时辅导论文中前未查过的资料。九时至十二时，参加人大常委会议。中午小睡一小时。下午阅报、参资。续辅导资料。晚仍作此工作。

至九时，阅电视韩播美剧片。十
时半服药二枚，十一时半入睡。
六月五日，晴，小风，晚有先雨。
卅度，十九四度。此明日凉些。
今日为星期，梁与小华明晚
来家，明晚将於明晨同去。
今晨三时许醒来，仍服Ｍ剂一
枚，於五时半再醒，即起身，做清
洁工作半小时。上午校阅论文第
一校，至作补完，中午小睡一小时。下
午阅报，杂资。晚阅电视至九
时许，又阅书至十[redacted]半服药二枚
於例，十一时后入睡。

二月廿二日，阴，有风，较昨为热。

今晨四时许醒来，夜间又睡但不甜，五时许又醒，即起身，做健康活动至六时。事了，五天前的女仆昨日说是取物，一去不来，想必是找到了更好的户头了。

上午赴北京医院，阅报，写论文。

中午小睡一小时，阅参资。三时

會客，此人本在文学出版社工作，现将调厦门大学，本来是厦门大学毕业的），近3时，客人方去。他提出了许多関于五四前的文坛上的事，请答覆。晚閱電視一小时，又閱书至十时服藥二枚，半小时后入睡。

六月廿日，陰晴不定，有风，热如昨。

今晨四时许醒来，后又睡，但一小时即醒，如此两次，至六时许又醒，甚倦，然而不想起来矣。做清洁，历半小时。上午補寫論文之學前兒童讀物部分。中午小睡。閱報、參資。下午校改論文初稿。晚七時赴安大使之晚會（[illegible]），為慶祝中國共產黨成立四十周年。十時半返家，服藥二枚，十二時許入睡。

六月廿日、晴、有雲、有風、晚上甚涼快。卅二度、廿七度、預告有陣雨、然而沒有。

凌晨四時許醒、後又睡、但不酣。六時起身。做清潔工作半小時、八時赴北京醫院注射、九時半返家。上午閱報、參資。校改論文。中午小睡一小时。下午校改论文完，即付邮。晚去音乐小放映室看新片《暴风骤雨》，（用立波小说改编），两小时还未完。五时半返家。十时服药二枚，十一时入睡。

六月廿九日，阴，有时晴朗，有风，卅三度，廿二度。同预告有阵雨，然而仍然没有。

今晨三时许即醒，小便后又服药二枚，随又入睡，五时许又醒，偃卧至五时四十分起身。做清洁工作一小时。上午写信三封，处理杂件、公事，阅报，参资。中午小睡。下午整理资料（为写周刊卧薪尝腔及劇本的論文）、晚五時半赴剛果代辦舉行之招待會、（為剛果宣佈獨立一週年），七時返家。閱書至十時，服藥二枚，十一時入睡。

三十日，晴，卅五度、廿七度。洒了幾點雨。晚十時後稍涼。

今晨四時醒後又睡，六時許又醒，即起身。做清潔工作半小時。上午閱報，赴北京醫院注射，繼續整理資料。中午小睡一小時。下午閱參資。四時半出席慶祝中共成立四十週年大會，九時返家。閱書至十一時，服藥二枚，十二時入睡。

一九六一年七月一日，阴，有风，上午闷热，午后稍凉，傍晚落点雨。三十度，二十度。

侵晨四时许醒来，久久不能再睡，乃再服川剂一枚，腰胀多时，直到又睡着了，七时又醒，即起身，做清洁工作半小时。上午整理资料。十一时半赴四川饭馆，宴请新到的以龟井胜一郎为首的日本作家代表团。三时返家，甚倦。阅参资，日报，处理杂事。七时半赴人大新疆厅，欢送以江口涣为首的日本作家代表团的酒会，十时返家，阅书至十一时，服药二枚，十二时入睡。

七月二日，晴，闷热。晚报上的天气预报说今天最高卅三，最低廿一而已。晚上不能安枕，无风。

今晨五时许醒来，不能再睡，即起身，做清洁，约一小时。八时赴北京医院注射。上午阅报，整理写论文的资料。中午小睡。下午阅参资，仍整理资料。

今日为星期，黎岗小宁来家。当晚即返御下。晚阅电视一小时，又阅书至九时半服药二枚，但直至十一时许始入睡。

七月三日，晴，时有云，朝起甚为闷热。但终於无雨。卅三、卅五度，今晨四时来醒来一次，后又入睡，六时半醒，即起身。做清洁工作来中时。上午整理资料。甚热，中午不能入睡、（闻报，来访。）下午二时来接见韩觉民，（此人要求一谈，说是"老友"，我想了半天，才想起他是上海大学恽代英时代之总务处长也）。三时，他带宝英（即将归国）来谈，（此无要求同谈者，此人来中国二年，来做文学作品译为汉文的修饰工作。今听期届满故归国），五时辞去。即赴北京饭店理发，不料需等待半小时，乃转赴华侨大厦之理发，五时理发毕，六时接见日作家代表团之长龟井胜一郎。七时辞去。十时服药二枚，阅书，十二时入睡。

十月四日，晴，甚热，此时天有过之。卅五、廿度。

仍是五时醒来，乃起身，做清洁工作半小时。新买煤球不耐旺，大概是不够干燥。

今日大风，本意可以稍凉。

出而是燥热的风，夹尘土甚
多，抄家前有树的地，
（你们住的树，因当时欲盖
宽大之房者本驻京代表联合
办公处，大概十几二十万平方米，
七八层，除办公外，还有招待所，
大礼堂等等，拆民房数百间，
计拆去整整两条胡同又底面
一棚，开工二、三月即停工待料，
今年奉命停止建筑，现已挖
之深灰地坑下层部裸露地
面，而土堆无数，每次大风，尘

土飛揚，对面不见人，西有煤
球廠，因為用机械未人力之
公司大型煤球厂，煤灰堆積如
山，大风时一片黑暗，暗黑可怕，
前黄昏黑，我们受此灾，一
次大风，无異人刑。每时风起闭
窗，当然无效，因為窗有缝子
容指头，而关比不关，但要好
些，今日如此酷热，只好闭窗，
吃风砂折磨。九时服药二枚，
大约十时半入睡。
今日预报傍晚前后将

有雷雨，但又不灵，只有扬尘而风，未见落人之雨，一直到一上也没有。九十时顷，有些手觉不到的闪电，但亦只一二次而已。

七月五日 阴晴间作，有风，且是大很之风。廿五、六度。

昨入睡后十二时即醒，小便后不能再睡，（因为闷然很热），乃服川剂一粒，此时闻外面有声，乃振阳之。大概直到十二时方有小也。四时许渐醒，又睡，不酣，五时许醒后即起身，做清洁工作，未十时，已浑身大汗，乃乘有水，洗了个澡。昨无水未洗。

上午處理雜事，閱報，續寫論文。中午小睡，但只朦朧而已。下午二时—五时，續寫論文。今天仍熱。預報有雷雨，但只在中午十二时後有隱隱雷声，雨了幾點雨，只幾分鐘，連石板地上亦未全濕，更無論泥地矣。晚閱電視至七时，又閱書至九时，十时服藥二枚，十时许入睡。

七月廿日 晴，有风，古已五服。氣暖，但較熱。

今晨四时许醒來，小便後又睡，

但甚困，三时许又醒，即起身。做清洁工作半小时。上午续写论文。今天预报多云转阴，但早上七时的阳光灿烂，万里无云，真不知天气预报是怎么回事也。

上午阅报、参资，续写论文。因为边写边查书，进程不快。中午少睡半小时，但半睡半醒时间则达一小时以上。下午续写论文。四时许，忽起狂风，飞砂走石，乌云盖天，但只洒了几点，两三分钟即止。四时四十分，即又骄阳高照。晚阅电视半小时，又阅书至九时服药二枚，仍闭目至十时许入睡。

七月廿日，晴，有风，去已去波、多时，随数有雷雨，然雨不灵。夜晨二时、四时，各醒一次，曾加服M剂一枚，六时许又醒，乃起身。做清洁工作半小时。上午处理杂事，阅报、参考，读写论文（一小时半）。中午小睡。下午二时至四时读写论文。晚七时设宴欢迎捷、保青家（音乐方面的）回国。席返家，服药二枚，多刚，[illegible]睡。宴后又到三楼小剧场看盖叫天演出武松打店，十一时许

热甚不能安眠，直至次晨一时
才加服门剂一枚，始渐入睡。
七月二十八日，晴，有风，大至五
级，卅六、七度。预报不灵久矣，且
看今天如何。（晨八时记）
今晨五时许醒来，小便后又
睡，六时半醒，做清洁工作半小时，韵南之纪。
上午阅报，九时去部参加汇报会
议。中午小睡一小时。阅参资。
下午三时出席庆祝古巴人民革命
胜利四十周年电影周开幕
式。五时又赶从首都剧场赶往
国际俱
乐部出席欢迎日本文学代表团

（龟井胜一郎为团长的五人代表团）的座谈会，三时回返家，稍息，七时赴中蒙友协举行之冷餐酒会，为庆祝蒙古人民革命胜利四十五周年及欢迎蒙古来的三个代表团。九时返家，服药二枚，于十一时半入睡。

七月九日，晴，有风，四级，卅八度，廿五度。

今晨四时半醒来，即因出汗腰腿矣（夜出虚汗），未能再睡。九点三时赴北京医院急诊，注射了青霉素、等等，七时许回家、看来一页子以检血。[redacted]八时返寓信、看報、中午小睡、今日为星期、但下午三时有国务院全体会议、四时有人大常会（国务院人都去列席）、听陈外長报告日内瓦会议情况。晚七时有五国作庆祝蒙古人民革命胜利四十周年纪念大会。我於三时四十分出门、直至晚十二时返家、服药二次、於十二时后入睡、

今日十分热、风虽大、但而燥热难当。

七月廿日，晴，有雲，有風，仍然很熱，如前天氣預報說今天最高卅二度，最低廿度。

今晨五時許醒來，不能再睡，即起身，做廣播操一小時。八時赴机場參加歡迎金日成首相。返寓時已十時半，閱報，參資，中午小睡，一至述叙十分鐘，因為熱風使人窒息，室內閉窗則又熱不可耐也。無法兩眼又昏，耗起來了。中間寫日記，我手無搔著寫的。今日酷熱，人又疲憊，下午僅讀了些，未曾寫論文，一篇一擱已二日矣，且看明日如何。晚七時半赴人大宴會，搭待尘日感有相者也。十时半返家，此时热风仍烘扬不已，服药二枚，于十二时入睡。

七月十二日 晴，有小雨，东风，卅度，二十度。

以晨五时半醒来，即起身，做清洁工作六时。此时天色亮如墨，既热且闷，后来（八时后）小雨，东风，仍潮湿，但比较起来，凉快得多了。上午覆信，处理杂务，阅报，参资，中午小睡。下午三至五时续写论文。五时许赴劳古先生为庆祝劳古董命40周年举行之招待会，值因雨欠佳。盖今日上下午均有毛毛雨，有时如雾，

直至此时始停了雨也。八时许
雨尚未止。此时我赴大中礼堂
听朝鲜贵宾们演戏。（柯山红日）。
十一时返家，此时雨已止。服药二枚，
直至次晨一时许始入睡。
七月十二日，晴，有时阴，雨不来。
卅度，二十度左右。
今晨四时许醒来，可不能再睡。
偃卧约十多分钟，再进内刷牙，
但仍不能睡，五时许有倦意，但又
不能不起来了。因为此时若不起来，
则可睡一二小时，那就打乱了此
所自定的刻板的时间表，又将丢
一场空。做[illegible]半小时，睡

日竟日大雨，地面潮湿，又无南风，
故我之卧室積水甚多。上午九时去
席委员协负责人联席会议，委协
增加一些副会长，调换一些秘书长，
早有内定名单，此为通过而已，自
一时毕，其实十多分钟已毕，但
主持会议的楚图南大概觉得太短
促了，不够郑重，所以又讲了一大堆
对外友协应负的工作的成绩等等。
我返家后到毕，因昨夜只睡了三
小时，躺在床上，们欲睡去，但竟不
能。阅报、参考。中午小睡，每之
小时光景就醒了，仍甚疲倦，然而又
不能再睡。下午处理杂事。

今日预报有雨，有雷。然下午有雷雨云，无雨，十分闷热。

晚七时赴人大会堂出席金首相之告别宴会（朝鲜临时代办是主人），十时返家。此时有雨，（中型），归来时雨止。仍然闷热。服药二枚於十一时许入睡。

七月十三日，晴，略转阴，卅、廿度左右，有小风，夜有小雨。

今晨四时许醒来，小便后又睡，五时三刻又醒，即洗脸，喝牛奶一杯，赴西郊机场欢迎朝鲜贵宾。客人於预定时间半小时后到机场，起飞时为[illegible]时卅多分，返家另九时半，阅报，参证。中午小睡一小时。下午三－五时续写论文。晚七时赴西大使馆，观电影晚会，为庆祝中西文化合作协定签订十周年。十一时半返家。闷热。十二时服药二枚，十二时又睡。

七月十五日，阴，晴不定。闷热，大风，卅三度，二十七度。

今晨四时许醒来，不能再睡，此时闷热，一点风没有。四时半服门剂二枚，自於五时又入睡，八时醒，即起身。做清洁工作一小时。上午阅报，参证，做笔记。中午小睡约半小时即醒。天气太热。预报有雨例结没有。下午阅书，整理杂文件，又擦皮鞋。四、五时，周扶来谈一小时。六时赴北京饭店，伊拉克大使在此举行招待会，为伊口〃七月革命运动六周年纪念（国庆），七时二十分赴中苏友协接见苏联伊尔库斯克青年先进生产者旅行组（四十五人），八时来出会聚出宴会，热不可耐。十时许回家，擦身后服药二枚即就寝。日出去时入睡。

今天似乎是最热的一天，但也许因为会聚出地方热，而安令时发大人擀出一瓶，又增加了热度，故安令将毕时我已汗透外衣矣。

七月廿三日，阴，雷，有时阵雨，岚，卅六度，卅二三度。

今晨五时解手，不能再睡，乃起身，做读语作手少时，洗冷澡。上午阅报，参资、续写论文一小时来。连日天热，积暑，写作进程很慢。中午小睡。下午三时，前去们的军报会议。晚七时半在部中的小放映室看日本片《松川事件》。九时近家，十时服药三枚，但久久不能入睡，十一时半加服眠剂一枚，又

閱书本半小时許，约於十二时半入
睡。今天闷热。

十月十六日，阴，闷热，卅四、廿五
度，有大风，有阵雨。

今晨六时许起身，（前此曾醒过
一次，约在今晨二时許）。做清洁工
作半小时。上午阅报，参資。中午小
睡约半小时。十分闷热，下午三时許
有阵雨，但仅一二分钟，雨即过去，
此后太阳出来，更見闷热。

今日为星期。天热，未能写作。

晚阅電視一小时，又阅书到十时
服藥二枚，十一时后始能入睡。
但因闷热，仍不能睡，又加服以剂一枚。

七月廿七日，阴，有阵雨，闷热，卅五、六度。

昨竟日无雨，入晚雷光闪闪，但无雷，九时后突然狂风（南风）大作，继以骤雨，约十五、六分钟渐缓，风止雨停。以后又时有阵阵急雨、十时后雷声始作，不有阵雨，但只有轻微的偏北风、十一时后雨停。

今晨三时醒来，小便后又睡，六时半又醒，十分疲劳，然而不能再睡矣。做清洁工作半小时。七—九时处理杂事，阅报。九时出席中宣部召开之文艺工作座谈会、此会目闻如不大，参加者

为西京文学家藤卫宗的百余
人。今天乃七会，以后将进行了
组座谈会。十二时散会返家。中
午小睡约一小时。下午处理杂务，
阅参资。今日仍甚闷热。晚阅
书。十时服药二枚，十一时于服
凡剂一枚，十二时三刻许入睡。

七月十八日，阴，晴，卅四、二十
度。仍甚闷热。潮湿。

今晨五时许醒来，与文睡了一
小时。七时许起身，做清存
事小时。整理出门用物件。观
室於本月二十三—五之间赴大连

休養）。九时赴中宣部召開文藝工作者座談會。十一时半返家。今天的会上我亦發言约一小时，另一發言者為老舍。中午小睡约一小时。下午閲報、参资，開始整理衣物，以備赴大連时應用。晚閲電視一小时，又閲书至十时服藥二枚，约於十一时入睡。

七月十九日，陰，悶熱。如昨。

今晨四时半到了醒，小便后又不能再睡。此时有陣雨，约十數分鐘即止。陣雨过後，悶熱更甚。特别因為我家房小而矮，窗又已关，开电扇，今夏更觉难受。加服川剂一枚，已五时半始睡眠片刻，六时十五分又醒，即起身。做清洁工作半小时。上午阅报、参资、处理杂事。今日上下午文艺工作者座谈会都开小组会议，我因即将赴大连，未出席。中午小睡。下午处理杂事。晚阅电视一小时，又阅书至十时服药二枚，一小时后入睡。

今日中午阵雨，约一小时始止，下午仍然闷热。大雨时，家中屋漏。晚稍凉爽。

七月二十日，先阴后晴，卅三、卅度，有大风，仍潮闷。

今晨五时半醒来，即起身，做读诗工作，七半时，八时赴北京医院，九时返家，阅报、参、资，处理新文件。十一时赴人大福建厅，宴请苏联人民演员察廖夫（他又是苏文化部的戏剧艺术委员会的主席和莫斯科小剧院经理）和评论家、戏剧史家罗斯托茨基（剧教授）。二时宴毕返家，又处理新文件（乌克兰作协主席及乌老蘭文学执行主编来信）。晚间電视至九时，又阅书一小时，服藥二枚，半小时后入睡。

十月二十三日，阴，小风，如昨。

今晨五时卅分醒来，旋即起身，做清洁工作半小时。上午阅报、参谈，整理行装。十一时四十五分赴苏联大使馆为庞宁夫、罗斯托茨基举行之宴会。三时始返。下午处理杂事。晚七时半赴劳动人民文化宫的太廟（即太庙）举行庆祝波兰国庆十七周年（由中波友协及北京市总工会联合出名举办）。
此所记大殿已被分割为四小块，
只有每块宽三公尺，长十八公尺的
一长条。而且全是只有一边窗（即西
面壁只一面有窗），十分闷热。開
会的那一块，北壁有窗，既矮小而
且只有三对椅了三百来人，真
是热汗淋背，喘不过气来。不
知何以要找这样一个地方。但波大
使还是很顾全礼貌，庆祝式讲话
毕完成他坚持要看完餘兴，
两三个波兰短片，直到他看过，

一时中口把手下一人去会堂，並外交使节们早已看腻了），三时半节目演完，始告辞。我回家後觉了千吟功课（由粤人所组冲淳）方始喘过口气来。十时半服药二枚，十二时许入睡。

七月廿二日，阴，有阵雨，闷热。卅三、廿二度。此是气象台报告，实际有卅五、六度。今晨四时许醒来，后又睡了一会儿，六时许起身。天气阴霾，十时潮闷。做清洁工作半小时。上午阅报、参资。覆信五、六封。中午小睡。下午整理书物。晚去時半赴波使館之波国庆十七周年招待会，廿时十五分往，七时半返家，又阅電视一小时許，十时服药二枚，十一时許入睡。

七月廿三日，晴，多云，比昨日稍觉凉爽。

昨日及夜间都不断下雨，有时大，有时小些。和天气预告完全不同，真预報只说多云有雨而已。昨日上午雨大时，房子又漏了。

今晨四时許醒来，有不易再睡之势，乃加服眠剂一枚，後又朦胧睡去，七时醒即起起身。做清潔工作半時。
今日為星期，上午閱報、參資。
中午小睡、下午收拾行（李）裝，晚
六時半接見波航運代表團，（此
中有波交通部副部長一人），此
代表團為慶祝中波航運
公司成立十周年並應我交通部
邀請來訪問也。今晚我以中
波友協會長身份接見茶會。
八時半返家，九時服藥二枚，十
時半入睡。
廿四日至廿五日自京赴大連

途中。早晨四时许即起身。六时半赴李郊机场，未能去，雾临天盖来，至机场时雾益浓，七时二十分不能起飞。等至八时许雾渐散，八时二十分许遂起飞。机中乘客十余人而已，余等连小孩二人共佔貫連。起飞后渐感爽，以穿衣服太多，汗湿，脱下放在风管下吹，一小时后即乾燥。十时许到瀋陽。马加（作协分会副主席）、文菲（省文化局长）等以车迎迓。因到瀋遲了，当天不能转乘快车赴大连，乃在瀋耽搁一天，

（赴大连特快车改为十一时十分开）。

下午参观辽宁工业展览馆。今日沈阳亦热，但五时许雷雨，天气转凉。晚七时半，有姜国智记来访，谈一小时去。十时服二單枚，不能，但不能入睡，十一时许加服川剂一枚，十二时后始入睡，但三时许又醒，又许久始再入睡，五时又醒，即起身。旅馆在市商业区，彻夜车声（尤其大车声）不绝，故不习惯，不能睡。今日上午理发，携小孩到秋林公司购鞋，十时半午餐，十二时到火车站，十二时十分开车，车中尚称凉快，我们一行五人（三大二小），包房两间，共卧铺八张，可以睡觉，但事先仅购卧票已（審实际如为我购票共全票四张、串票一张、搭票八张），合共卧车票八张，两间房；此车厢乃临时加挂，除我等五人，尚有（学）与第一书记携眷大小十余人，还有秘书、警卫员等亦乘此班车，故加挂此一节车厢；新车厢，十分讲究，乃为第一书记所设（而设），余等则适逢其会，大沾光也。下午六时十五分到太原，当地主管机闺以车来迎，并即送至为我们准备之房子。此为吴老人所遗留，但已改装，修得特多，稍觉拥挤。在食堂晚饭。当晚十一时服安眠药二枚就寝，约半小时后入睡。

廿五日，晴，最高卅六度，最低廿四、五度。有南风。

服入睡药两度醒来，第一次为凌晨二时许，第二次为五时许，因不能再睡，即起身。今天上午重新布置了房间，取消楼上下小间中的床铺，将所作客室中之写字桌搬入此小间。楼下的中间一室本为两个会客室，与楼梯间人多转身，将此室改为小孩卧室，只摆二小床及一长沙发。而原有二橱（昨夜小孩们即睡此室）之朝东一室改为小孩们学习玩耍之室，计有小沙发一张，小椅九个，写字台一张，也宽舒适。由北睡于楼下西室，即与小孩们的房间有门相通，此室原为卧室布置，现在搬进小沙发一只。我睡楼上西室（原为卧室，有大床一只，寿之），佳将大床换了位置，使壁橱门得以开放，即可应用。一书记布置房间当可以将卧

壁橱虚弃亦用也。房间搬定，然
后开箱取衣服什物放置各处。
整个上午（好）就这样过去了。中
午小睡一小时许。三时以理书，又写
信给朱穆弟叫他带拔参、资等
等。晚看遼寧儿童剧院之演
出，计有歌唱、故事表演（小型话剧），
舞蹈（傣人一个），共两小时来。观众多
儿童，（大人只占百分之二三而已），约千
余人，场中热，气味不佳，（厅气
通，潮湿气）。回宿舍洗澡，十时服
药二枚，十二时入睡。睡前阅吴老
所写「五十周年忆辛亥」一节
二章。

廿七日，晨多云，转晴，东南风。好眠。

今晨四时许醒来，后又睡，五时半再醒，即起身。章补写前三天的日记。阅报。十时，大夫来，量了血压，仅百〇五度（高数），怪道日来总觉头部不舒。告以在北京时曾因血压过低注射以后常提高至百十五度，如久不注射，现拟再注射。但医务处大夫说大连有无此药尚须到市中询购。又眼虫角膜炎须用氯霉素眼药水，此间也没有。如何天确知日后氯霉素眼药水此间都无法觅得，只好打電報到北京医院去要取了。因为血压过低，特别不稳，今日上午隆冈拔外，一事先為。稍用脑即刻掌。中午小睡一小时许。下午三时许閲书一小时。写信一封，给阳翠。小娴昨日跌破双膝，出血不少，今日有化膿象，已请護士用红药水消了毒，不料今日晚饭後她打扰千又跌了一交，背脊摔破两处，拇指形大的红点两个，正当背骨下端。但此伤似不嚴重，擦了红药水後即已乾燥。晚听广播约一小时，又閲书至九时半服药二枚，约一小时後入睡。

以略。廿六日 晴，午后有电，旋又晴朗，昨晚预报晚有雷雨，我们没有。晨阳光灿烂，微风，凉爽。

今晨三时许醒一次，后又睡，五时许再醒，即起身。上午注射 V.B12 及诺夫卡因——此盖质非常之深奥也。阅报，阅书。中午未能入睡。下午二时半到夏家河子海岸浴场，单程十五公里，但道路（一车以上）不平，车行约一小时始到。此处沙滩平坦而长宽，沙粒极细。我们行下水礼，但小钢因腿伤（尚裹绷带）未与焉，不过小宁世陵侠不肯，坐藤椅上观看而已。车中时风始发觉他闹始发烧，因转高，於是我们急急言旋，时為四时许。五时到寓，即找大夫，此时小穿体温為卅九度五，且时时呼噫（喘不过氣），服药，又用酒精揩体，至晚七时后解出大便甚多，因五连日積食，（因為前此他大便不正常，但今日午后出發前他已大便了一次）。十时许，热度下降，十一时后卅七度，但七时至十一时间，又連續便污裤子两三次，看来稍有腹瀉，每次瀉量極少，但与小便同来。

晚七时半，本市文化局沈局长来访，谈至八时半辞去。九时半服药二枚，阅书至十二时入睡。

先日，阴，有微风，东南向，有毛毛雨。日里卅度左右，夜间廿度左右。

今晨三时许醒来，小便后又睡，五时又醒，又睡，七时半醒，即起身。天阴，偏南风，有凉意。小宁已退烧。上午阅报，阅书，中午小睡一小时许。三时后，熊佛西来谈，四时后辞去，晚听广播，又阅书至九时服药二枚，一小时后入睡。

卅日，阴，晴无定。南风三级，卅度左右。

今日为星期，来此已五天矣，尚未正式开始写作。每天扶杖不佳，刊單，「都因血压过低，已注射两針，未知如何？」

今晨四时许醒来，久久间一小时过，始再入睡，再醒时则已六时一刻，即起身。上午閱報、閱書刊，中午小睡一小时。下午写信。晚看上海戲劇学院實驗話劇團演出莎士比亞之无事生非。十时卅分返寓，服藥二枚，於十二时许入睡。

七月卅一日，晴，南风，卅八度左右。

今晨四时许醒来，小便后加服眠剂一枚又睡，七时许再醒，头犹涔涔然，上午閱報刊，昏昏欲睡，然而又不能入睡。中午小睡一小时许。下午校改已写论文（关于卧薪尝胆之（前半的）的第一部分。（论甄别史料）、增千馀字。预计此一部分将达万字左右。五时搁笔，洗浴。晚听广播半小时，又阅书一小时至九时服药二枚，十时许因尚无睡意，又加服同剂一枚，约半小时后入睡。

一九六一年八月一日，晴，有时有云，廿度左右。

今晨四时许醒来，有不能再睡之势，乃加服八剂一枚，旋又朦胧入睡，但不酣，而且时时醒，至七时许起身，仍甚倦怠。上午注射如例。续校改已写之论文之第一部分，稍补了七百字。中午小睡。下午二时至大伏家庄海滨游泳，（我们都在水中“泡”了若干时，）藉助于浮水圈，此处沙滩都为细圆砂砾，日晒之后，觉足底刺，而且沙滩短，下去数步即为深一人许，老年大概很欢喜，但不善于游泳者必须小心。今日海水较冷。

玩了一两时许，因下时尚有至市党政
驻军部所联名邀请为纪念建军
节而举行之聚餐，我们於卅时四
十分即返家。晚与他出席聚餐会，
之在梓锺岛（梓锺岛为孤峙一小山，
离岸不过里许，曾有人在此山上挖
得人参，故名，率非人不呼人参，呼梓
锺）。但举行宴会之东山村俱乐部
实不在岛上，盖岛为小山，如僧大摩
形高擎所面，并上未知有人居也，亦无
树木。俱乐部新建，所楼露台极
为宽敞，可摆酒席二十余桌。梓
锺岛、三山岛（稍远，比梓锺大得多
了）、城山照前，风景绝好。瑶阁看

京戏玉堂春，九时半完毕，我仍即归。今夜无风，较热。俱乐部地势高，有风时极冷，但今天则~~戏院~~戏场中闷热不可耐。十时服药二枚，阅廿日之人民日报，十一时后入睡。

八月二十一日，晴，有时有云，卅度左右，微风。

今晨四时许醒来，有不能再睡之势，乃加服M剂一枚，旋又入睡，六时许又醒，旋又睡，七时十五分小穿来叫醒，即起身。上午续写论文，除八时半到十一时，其间休息半小时，中午小睡一小时，五时醒，下午续写论文二小时。晚赴俱乐部看电剧，遇见居武夫妇，彼时等昨日方到。九时许返寓，十时服药二枚后倒，半小时后入睡。

今日始得北京弟信，乃卅日寄出者，走了四天；上次我去信也走了四天。今晚颇为闷热，只盖了毛巾被。

八月三日，阴，晨有雾，微风。卅年度。

今晨二时半第一次醒，小便后又睡，五时许又醒，不能再睡，偃卧至七时许起身，上午注射。八时至十时续写论文。今日潮闷，到时时晕，故十时后即休息。中午小睡，下午三时至五时续写论文。晚阅刊物至九时服药二枚如例，但至十时半尚未入睡，又挨了半小时仍无睡意，乃加服M剂一枚，方至十二时顷入睡。

八月四日，晴，有小风，卅度左右。入夜稍凉，然亦只需毛巾被。今晨二时许即醒，有不能再睡之势，乃服M剂一枚，则未睡着了，约至半小时后），五时又醒，则又陆续睡去，至七时起身。上午续写论文。八时至十一时，阅报、参资。中午小睡一小时。下午续写论文，三—五时。晚至俱乐部露天看电影突破乌江，九时半完。十时服药二枚如例，十一时许入睡。

八月廿三日，晴，初闷热，卅二、三度，有小风。

今晨三时许醒一次，即又睡，五时许又醒，因未即时又朦胧入睡，七时许乃醒，即起身。上午继续写论文九—十二时。中午小睡。下午二时赴夏家河子海滨浴场，小俩小宰今天都下水了。四时半返家，六时十五分钟到家。晚七时五十五分看电影洪湖赤卫队，十时许返寓。服寧二枚，如例於十一时左右入睡。

八月廿四日，晴，如昨。小风。

今晨四时半醒来，又服例剂一

夜，於半小时後又入睡，六时许再醒，但不能再睡矣，無他到有点暈。即起身。上午續寫論文二小时。中午小睡。下午寫信給邵荃麟，及处理雜事。今日為星期。上午曾接老華申一電報，內容為古巴友協邀請訪古，参加將於八月十五日在哈瓦那開幕之古巴作家、藝術家全國代表大會，但我一因身体不好，血压过低，精神不佳，二因时间匆促，已覆電華申，令其轉告我駐古巴使館向古方表示道歉，不能前往。晚听莫斯科電台廣播新聞等

聯又成功地發射了一个宇宙飛船，名為「東方二號」，宇宙飛行員為某某，飛船重四千七百餘公斤云。九时許服藥二枚，閱参考，十时半左右入睡。今日白天仍热，但已朝乾燥，入晚較涼。

八月七日，晴，如昨。

昨晨二时許即醒，（近来一觉醒时间愈来愈短了），加服八剤一枚，七时於半小时後又入睡，五时許又醒，不能再睡，即起身，处理雜事，然後到食堂早飡。食堂伙食近来越来越坏了，量少（指主、副食量）而天天一套；大概是人事了，有供

在上之国难也。上午注射，续写论文两小时，阅报，参资。中午小睡，未酣，只朦胧未小时许而已。因看下午将有海潮，此区休假人们的孩子们都不睡中觉，在街旁谈笑，适当我卧室窗下，故使我睡不成眠也。下午二时未，我们全家也到夏家河子海滨浴场，四时许返家。晚听广播半小时，又阅报至九时服药二枚，就而直至十时未始朦胧入睡。

八月八日，晴，北风，转南风，卅度左右。

早晨三时许醒来，此即不能酣睡。五时许又醒，六时许起身，

覆钱俊瑞信，寄朱镜我转，上午续写论文二小时。中午小睡。下午二时至五时续写论文，晚阅报至九时服药二枚如例，但至十时未能入睡，乃加服八剂一枚，十一时许入睡。

八月九日，晴，如昨。

昨夜睡不安枕，今晨二时许曾一次，以后未枕又醒过一次，五时许再醒即不能睡，旋即起身。七时十五出发赴埠头登轮游览海港，此为交际处统一布置者，休假之百来人都参加了。十二时半返寓午饭。在海港时，看拖网轮起网，全是带鱼，闻有五千斤云。中午小睡一小时。

下午四时至五时續寫論文。閱報
知梅蘭芳因冠狀心肌動脈梗塞於
昨日在京逝世。享年六十七歲。晚到單
人俱樂部看電影星火燎原、（未
記錄片）、由於甚多、估計他們不感
興趣、但由多數由於居然硬頂到
底。九时半返家。服藥二枚於十时半
左右入睡。

八月十日、晴、如昨、小風。下午有雨。

今晨二时許醒來有不能再睡之
勢、乃加服川劑一枚、又閱報半小
时許始再入睡、五时許又醒、又朦
朧入睡、六时四十分再醒、即起

身。上午注射、刘芝风来谈一小时许。续写论文约一小时。去市交际处长与北京来之人大副秘书长某同来访问、谈移时即去。中午小睡一小时，下午续写论文二小时。晚赴东山村俱乐部看京戏，另有招待孩子们的电影（动画片），古都陈旧，和故事片（新队员），十时许返家，服药二枚即倒，阅参资到十二时半入睡。

今日午后下雨，时大时小，入晚停止了二、三小时，十时半又转大，十一时许稍大，此後终夜时大时小，未尝停止。南风。仍闷热。

八月十一日，自〇时起接昨晚之

雨，时大时小，晨五时许颇大。仍闷热，微有南风。十时后转晴，廿度左右。

今晨三时许醒来，加服川剂一杯，旋又入睡。五时许再醒，不刻再睡，阅参资一小时，又把书桌上的挂灯地位移正，使写字时方便些。原来此灯在我头顶偏后），此是一小事，但而费事：找钉子，拔钉子，钉钉子，那又得找钉钉的工具，例如较大之石块等等。上午续写论文，中午小睡。下午续写论文。晚阅参资至九时，服药二枚如例，又阅参资，至十时许就寝入睡。

八月十二日，晴，有云，如昨。

昨日仍然潮闷，今晨觉得凉爽些了。今晨一时许醒来，加服门剂一枚，又阅参考，约二时许入睡，此后又醒过，但仍又朦胧睡着了，六时半又醒，即起身。我就这么样。近来常不能一觉五六时，常常要醒几次，不知何故。

今日注射。上午续写论文。中午小睡。下午续写论文。晚阅报二小时，到九时服宁二枚如例。但到十时许尚无睡意，十时半加服门剂一枚，十一时半左右入睡。

八月十三日，晴，如昨。

今晨六时许即醒，小便后又朦胧睡去，不酣，七时半左右又醒，不能再睡，旋於六时起身。上午续写论文，中午小睡。下午续写论文。晚阅参资，九时服药二枚，十时入睡。

今日为星期。招待所布置去夏家河子海滨，我们未去。闻有千数人是去了的。

八月十四日，有雲，少風，卅度左右，仍潮湿。午后有小雨，入晚渐大。

今晨二时半醒来，有尿意再睡之势，乃加服眠剂一片，又阅参资至三时十分许，即入睡。未到五时许又醒，又朦胧了一小时，至五时半起身。热，多云天，无风，昨夜闷热，只须毛巾被可。（想来楼下会凉些）。据云今年夏比往年都热。今日注射。上午仍续写论文。中午小睡。下午有小风雨。仍闷热。续写论文。寄来油印一信，附为少年儿童出版社写的题词（徵文集用的）。晚阅参资。九时服药二枚，十时许入睡。

八月十五日，阴，西北风三、四级，廿七、八度。下午放晴。

今晨零时，大风雨，（六级以上大风），醒来一次，旋又入睡，但一小时后又醒，枕上听风雨未停，甚厉。南窗吹来的风使人毛骨悚然，乃将窗慢（徐徐的）放下。又睡一小时许又醒，仍觉冷，乃将南向之玻璃窗关上。加服门剂一枚，又睡去了，七时半起身。上半续写论文。中午小睡。下午阅报、参资。晚赴军人俱乐部看电影，（通告为一千人的遭遇和暴风骤雨，两片我都早已看过，此番再看，无非为了孩子们要看，不得不服务耳；但映了暴片的节目变更，继续放映者为香港片春到海湾，此片在香港，自然算是进步片了）十时返家。

服药二夜於一点时后入睡。

4月十六日，晴，如昨。

今晨四时醒后，甚感疲劳，然而有不能再睡之势，乃加服门剂一次，旋於六点时後入睡，六时许又醒，头晕，偃卧至七时许起身。上午阅读，阅人民文学上的剑胆篇，（曹禺等三人创作，曹禺执笔，即演卧薪尝胆故事也）。论文已写满一百多页，约三万字，考证部分告结束，以下将为评一年来各种剧本之以卧薪尝胆为题材者，题材不变，只好因字反再写。再者，已定廿日乘轮转津返京，有不少杂事要安排，亦不能再每天伏案数小时也。

中午小睡，下午续阅倒胆篇。（曹禺等原作胆剑篇，适亦作错了，但因此一错，倒想起何不即作倒胆篇呢？）未读，未对改去。晚七时看第二批纪录，阅参考资至九时服药二枚后倒，十时许入睡。

十七日，晴，卅度左右。

昨晨三时许醒来，加服（例）一枚，旋又入睡，五时许又醒，此后不成再睡，六时起身，因为今日要作遊覽旅順，本來全家大都要去，全家的孩子們在五時半已都起來，在街中呼喚奔跑。直至早上原定七時動身，但直到八時方始可行。九時許到旅順，先到招待所（此為帝俄時代所建，原為帝俄駐旅大總督府，日本佔旅大時此為海軍司令部）休息片刻。旋往參觀電岩，此在日俄戰爭時為戰事激烈之地，守此碉堡工事的帝俄砲兵連長仍勇敢，此處為控制旅順口之有利制高點。日人正面攻海上）夺取此碉堡未料败北，后乃迂迴后方，从陆路攻克之。靈山岩后（中间有较低之平地一小方）即为黄金山，较靈山岩高得多。当时黄金山要有帝俄炮台一连。

参观了电岩碉堡后，到港口参观一快艇，旋坐游艇至海港周游，未少时，即回招待所。时为十二时。一时进午餐，甚丰盛，驻军赵副司令至我们的一桌作主人。饭后至招待所休息。至一间很漂亮的卧室里，睡了一会儿，我而我僅朦朧十来二十分钟而已。下午二时半，出发参观历史博物馆和军事博物馆。又登白玉山观旅顺全景，四时许驱车回大连，五时许到店，休息後，六时晚饭，七时五十分看罗马尼亚故事片《边塞捉谍》（一些为老片子），九时半回店，服药二枚，于十时半入睡。

八月十八日，阴，廿六～九度，东南风，二～三级。朝遇

昨入睡後，於今晨三时许即醒，昨晚僅睡三小时许，乃近来惯例，不足五小时矣。後加服同剂一枚，又阅书半小时，又入睡。此後到七时，

即服利眠，有时一小时醒，有时半小时又醒。七时仍常，纪已服利再睡，乃起身。上午阅报，休息。补写昨日日的日记。中午小睡一小时。下午阅胆剑篇第二幕。于伶新来。晚七时赴东山宾馆晚会，九时半返寓，服药二枚于十时半入睡。

八月十九日，阴，雨，（午后转大），如昨。

今晨三时许醒，照服利再睡，加服小利一枚，半小时后入睡，五时许又醒，此后则真不能再睡矣。上午阅报，写信给霜儿。中午小睡一小时。下午阅胆剑篇第三幕，参澹寺。晚閱茶澹，九時許服藥二枚如例，於一十時後入睡。

八月二十日，晴，如昨。

昨晚仍有陣雨，有時甚大。今晨一時後雨止。今晨一時醒來後甫再睡，四時又醒，後又睡一十時，因為有夢，自以為睡了許久，醒來看錶，才一十時耳）。此後不能再睡，因閱參澹一份，六時許起身。此時陽光燦爛，精神為之一振。昨日陰雨而悶熱，十分難受。

上午閱報，閱胆劍篇之第四幕。中午小睡。下午閱第五幕完。今日為星期。

休养人们已有陆续离去者，连日都有人走。我们在一週前已订好廿日的船票。今日知本月内船票都已售出，我们幸而定得早些。

晚听广播一小时，又阅书五十分时，服药二枚，如例，於十时许入睡。

八月二十日，晴，多云，如昨。

今晨三时许醒，后幸即能睡，四时许再醒，许久不能再睡，即时起，见搁在枕畔的眼镜没有了，后来找见它掉在床底，是由床垫与床架之间的空隙滑下去的。费了一些手脚方把眼镜取出。时已六时许，后又入睡，还做了一个梦，梦醒时

看錶已六时半，即起身。上午八时
半参观罐头食品工厂和塑料
工厂。前者大都是手工操作，设备陈
舊，后者也差不多。中午小睡，下午
閱報，参資。晚看電影。十时返
家，服藥二枚，十一时许入睡，

六月廿六日，多雲，仍闷热。

今晨二时许醒後，许久始入
睡，四时许又醒，又许久始再入睡，
七时许醒来，即起身。八时参观
玻璃制品厰与贝雕厂。买了贝
雕的镜框二个，一为红花蝴蝶，一为
水仙翠鸟。贝雕者，利用贝壳

的自然造型先磨成花鳥的部件，然後粘接而成。通稱貝雕，實非雕刻也。所用貝殼，都為普通常見者，或磨去外皮，或利用內面，依所砍形象（例如花瓣、花葉、枝幹等）而再磨之；五出之花，用五片鑲粘而成。尤奇妙者，利用一種細如芝麻之紫色螺（據云此種螺附生於海帶）粘綴為禽鳥之鷄頸毛，極逼真。又有小如米粒之純白色螺則可利用為仙鶴之頸毛。凡翎毛、走獸、魚竹，可以平粘於紙板或薄木板上，亦可拓於手工作之泥坯上。亦有直作花刑者，則枝幹以鉄丝為之，再拓貝殼磨成之樹皮、樹葉等等。該厂（實為作坊）屬於美術工藝社，女工三、四十人，专為磨貝殼者，半為拓接者，拓接時有畫稿為依據，畫稿為設計者所作，該厂設計者（老師傅）僅一二人。学磨，学拓，半年可出師，拓間單物品，学一个月即可。中午睡一小时。下午閱報、參觀。晚看羅馬尼亞戰片，十时返家，服藥二枚，可倒於十二时許入睡。

八月廿三日，上午阴，有阵雨，下午放晴，西北风，顿觉凉爽，卅度左右。

昨入睡后醒了二次，未能再睡。

今晨五时许醒后未能复睡，灯下阅参资，七时起身。上午阅报参资。中午小睡。下午阅报，处理琐事。晚整理行李，九时起阅书至十时，十时服舌二枚如(例)，仍无睡意，乃加服川剂一枚，于十时半入睡。

八月廿四日，晴，北风(微)，有乾爽之感，早上有云夹。卅度左右。

今晨四时许醒来，不能复睡，

了服们都一枚，我们都去睡。阅书数页，候至已为六时，即起身。上午办理琐事，阅报。九时去菓园，参观公社的一个大队，此园苹果树有数十万株，在金县。十二时半返招待所。中午小睡。下午整理行装。

今天听说昨晚八时许有小偷进此区各宅偷了些东西，银票，钞票，窗帘—帘或围），但今晨已破案。昨晚东山俱乐部有晚会，本区住宿者大部分都去了，而各宅门户倒不上锁，小偷了解此情况，乃乘虚而入，抵五，胃先已饿痛，见有人，未睡，乃已都痛，以次甚先临了小完。

晚听广播一小时，后又阅书。九时服药二枚，多倒，但已十时，犹无睡意，乃加服小剂一枚，十一时许入睡。

今晨，阴晴间作，潮湿，廿度左右。

昨入睡后，于三时许即醒，竟不能再睡，又服小剂一枚，约半小时后入睡，四时许又醒，无论如何睡不成了，辗转至五时许起身。

上午在家收拾行李。中午小睡一小時，下午閱報，有客来谈一小时许辞去。晚閱参资，九时服药二枚，一小时後入睡。

八月廿日，晴，在船上。

今晨二时醒一次，四时醒後不能再睡，五时起身，最後收拾小行李。九时赴埠头上輪船。此為民主十五号，艙位尚舒適。後来，船的運务主任、船長、政委等先後来訪，移至上層房內，（此本非客位，乃船上保留的机動房间，要有船長等的书面簽字之），這較清静。我们婉言辞謝。十时開船，初甚凉快，午后较热，晚上较可。今日风平浪静，曾在船上各处参观。晚九时服药二枚，十一时以后入睡。

八月廿七日，晴，下午抵天津，阴，闷热。

今晨四时醒来，有些不能再睡之势，乃决定又服安眠药一片，以后十时以后又入睡，四时许又醒，可能早睡，就不能再睡矣。五时半起身。七时携中孚到上层甲板看风景，此时船已驶进塘沽，随后又进了新港闸门，即入海河。十二时半抵埠，同梁、燮、等均在埠迎候，天津市交际处及市文化局长、田润音坊出埠返旅。下榻天津大旅馆二楼。三时午饭。午后休息。晚看河北梆子（跃进剧团）演出陈三两、伐子都。演技精采，但天热，场中无冷气设备，演员们汗透重衣。十时步返旅馆，服药二枚，於十一时许入睡。

八月廿八日，阴，午后四时有小雨。入夜转大。

今晨四时醒后又睡，六时起身。上午，市文化局陈付局长陪同参观了市美术博物馆，画力颇佳。此馆新近搜购得一批明、清书画，已整理编目者约一百余种。十二时返旅馆，午后三时至市宣传部之友谊厅，和作家三、四十人座谈，五时

未返旅馆。桑、斐携二孩于六时
十七时半返京。晚十九时看评剧、廿时
半返旅馆，服药二枚、廿三时许入睡。
八月廿九日、阴、廿七、八度。
凌晨五时醒来、多次入睡、七时又
醒，即起身。八时半同阎及省府代局
申局长、市文化局杜局长李浩同
参观封卷，看见吸石机及我自制
之拓本。在海员俱乐部午餐、午睡、三时
离封卷、四时到市内。晚休息、并
准备明天在省、市文物工作者会议
（约五百余人）上之发言。此会已开了
二十天，即将结束。十时服药二枚。
十一时许入睡。
八月卅日、晴、廿八、九度。

今晨四时许醒来即不能再睡。偃卧至五时许起身。收拾各物件，六时半，田间等来，同往「大剧场」，九时对全体作报告。中间休息十五分钟，十一时半讲完。至「俱乐部」午餐，有宣传部作东。菜肴甚为丰美。二时返旅馆，小睡约半小时。四时半，方中司令（天津警备司令）来旅馆见访，五时即在旅馆设宴相待，同席有梁斌、刘天培、田间、市文化局副局长等。五时五十分驱车赴车站，方司令亲自送行。作协李满天亦赶来。六时五分，别京，首途逢大雨。十时服药二枚，十一时入睡。

八月廿日，阴，潮闷，卅度左右，夜晨二时醒一次，半小时后始入睡，五时许又醒，旋又入睡，六时许又醒，即起身。做清洁工作半小时。上午整理衣物，直到十二时。中午小睡一小时。下午阅参资、报刊。晚阅参资，至九时服药二枚，于十时半入睡。

一九六一年九月一日，晴，凉爽。廿八、九度。东南风。

昨入睡后，于晨四时许醒来，旋半小时后又睡，六时许又醒，即起身。今日阳光耀眼，空气中湿度也不如昨日之高。上午阅摘积之函件，并整理书物。中午少睡。下午阅书。晚阅参资。十时半服药二枚，半小时后入睡。

九月二日，阴，有时有阳光，如昨。

今晨四时许醒来后，不能再睡，乃加服眠剂一枚，又阅参资半小时又入睡。六时许又醒，即起身。做室内清洁劳动半小时。上午写信四封。阅报，中午小睡，下午阅参资。今日已为返家后之第三日，仍甚倦，晚六时出席越南大使之招待会，为庆祝越南国庆十六周年也。七时半返家。九时阅书至十时，服药二枚，又阅书至十一时，半小时后入睡。今日仍甚闷热。

九月三日，阴，有小雨，廿七、八度。东南风，

今晨三时醒来闷热，倾大雨，间以雷声，不知何时开始，想必不久。醒时不能再睡，乃加服M剂一枚，阅书半小时，旋即入睡。五时又醒，此时已无雷雨。后半小时

昨夜入睡，七時醒，即起身，此時有小雨，旋止，做清潔勞動半小時，今日為星期，上午閱報，參考資，閱日可夫在青島病故，將運骨灰來京再開追悼會，徵求我同意列名治喪委員會。中午小睡一小時。下午閱參考資料等文件。晚九時服藥二枚，十一時前未能入睡，乃加服眠劑一枚，以後未多時即入睡。晚上閱文件三小時。

九月四日，晴，廿八度，十七度，東風，北轉南。

晨三時即醒，有三刻再睡

之势，乃加服药剂一枚，阅书未少时，于五时许又入睡，六时半再醒则不能睡矣。做清洁劳动未少时。上午修改关于卧薪尝胆论文初稿之第一二章。阅报。中午未睡一小时。下午仍作修改。（上午，刘白羽、郭小川来谈一小时许）。晚阅书至九时半服第二枚，十一时仍未能入睡，加服药剂一枚，未少时即入睡。

九月五日，先阴后晴，潮湿。

廿六、九度。

今晨五时许醒，修文，睡约一小

时，六时起身，作清洁劳动半小时。上午下午均修改、补充论文之第二、三章。中午小睡一小时。阅参资。晚阅电视至十时，服药二枚，又阅之约至十二时入睡。

九月六日，晴，有雾，廿八—九度。南风，仍潮湿。

今晨三时许醒一次，洗手小便后继又入睡。六时又醒，即起身，做清洁劳动半小时。上午阅报，修改补充论文的第二章。十时赴哈以子夫至参加公祭仪式。十时半返家。阅参资。中午小睡一小时，下午续修补第二章完。晚七时半至文化部小放映室看香港片佳人有约。此片手法尚称新颖，并以侦探片的手法暴露香港社会大都市中的黑暗面者也。有些镜头拍得很不错。九时半返家，阅文件至十时服药二枚，继续阅文件，至十一时半入睡。

九月七日，阴雨，廿六度，北风。

子夜四时许醒来，不耐再睡，乃加服眠剂一枚，又阅书，至五时半始再入睡。七时半起身，做清洁操半小时。上午阅报，审阅王士菁起草的鲁迅诞生八十周年纪念会上发言草稿，大体可用，但须大加修改，有须删削者，有须补充者。今日精神不佳，明日当动手修改。或若今天下午已先修改一部分。阅报、参资。中午小睡一小时。下午阅文件及处理琐事。晚赴陈副总理招待蒙古马利之宴会，九时返家。十时服药二枚，然而久不能入睡。阅书刊直至十二时才始入睡。

六月八日，晴，廿七、八度，中风。

今晨二时许即醒，约半小时始再入睡，六时半又醒，即起身。做清晨工作半小时。上午下午均修改（寄於壶吗）王稿（关於鲁迅八十诞坐纪念者）。中午小睡一小时。晚阅文件、内部报告等至十一时服药二枚，又续阅至十一时，加服所剩一枚，十二时后入睡。

九月九日，晴，如昨，早晨相当冷。

凌晨三时许醒一次，未几即又入睡，六时再睡醒，即起身。九时部去宗教会议。十一时半接见苏联鄂木斯克合唱团团长等三人（该团即将去广州演出）。中午小睡一小时，下午阅报、参资、处理杂事，五时赴保大使馆之招待会，庆祝保国庆也。八时返家，

閱书刊。至十时服药二枚安眠，十
一时半入睡。
九月十日，先晴后阴，廿八度左右，
南风。
今晨四时许醒来，后即未能入
睡，五时半醒后即起身，做清洁工
作半小时。上午阅书、報、參資。中
午小睡一小时。下午三—五时读段写
鲁迅诞辰一百十周年之報告。
今日为星期，何孚和小宁来
家。晚阅電视半小时，又阅文件包。
十时，服药二枚，十一时（内部通报）
又加服M剂一枚，于半小时后入
睡。

九月十一日，陰，如昨。

凌晨一時許，四時許都曾醒過，不久即又入睡，五時許又醒，即起身。做清潔工作半小時，上午下午均續寫報告，下午五時草畢。中午小睡一小時。讀報，參資。晚稍閱報告草稿，又閱詩刊至十時服藥二枚，又閱書，十一時許入睡。

九月十二日，陰，廿度左右。

凌晨四時許醒來，即未再睡，五時起身，做清潔工作半小時，八時，紅旗雜誌編輯部吳介民（編委，主管文、教兩組）、許世行（文藝組長）、陆茂（作家、文艺组编辑）来访谈一小时始去。阅报、参考资料、电信，及其他杂事。中午小睡一小时许。三时出席作协书记处会议，六时返家。七时半赴人大小礼堂看晋剧，十时半返家。服药二枚，仍阅书到十二时许入睡。

九月十三日，晴，廿度左右，南风较大。

今晨二时许醒一次，服药又即入睡，五时再醒则不能睡矣，六时起身。做清洁工作半小时。上午阅报、参考资料、电信，及其他杂务，中午小睡一小时。下午修改上月廿日在天津文艺工作会议讲演之记录，（因《北文学》要求将该稿发表也）。晚在文化部小放映室看意大利西班牙合摄之《穿红裙的人》影片，九时半返家，又阅书刊至十一时服药二枚，十二时才入睡。

九月十四日，晴，廿五度左右。南风、北风，不大，乾燥。

今晨七时许醒，又睡了一小时许，五时四十分起身，做清洁工作半小时，上下午均修改讲演稿。中午小睡一小时，晚阅电视至九时，又阅书至十时，服药二枚于十一时许入睡。

九月十五日，晴，如昨。

今晨四时半醒，事即不能再睡，于是阅书至六时起身。作清洁工作半小时。上午八时起续修改讲稿，九时完毕，即付邮。阅报，参资。十时至十一时到北京饭店理发。中午未能入睡，只偃卧一小时许而已。下午处理杂事。四时赴四川饭店，参加文艺界小型之联谊谈心会。此为作协书记处会议时所发起，今为第一次，由我作东道主。两桌廿一人。八时半返家，阅书至十时服药二枚，一小时后入睡。

九月十六日，晴，如昨。

今晨五时许醒来，不能入睡，至六时起身。做清洁工作半小时，九时部务会议，十二时毕。中午少睡，下午阅报，参资。晚阅电视一小时，又阅书到十时，服药二枚，十一时许入睡。

九月十七日，晴，如昨。

今晨四时许醒来，再又睡，六时半再醒，即起身，做清洁工作半小时。上午校改关于卧薪尝胆的论文第三章，中午少睡，下午仍校改论文。今日为星期，桑弟母子等来家。晚阅报，参资。十一时服药二夜，十一时许入睡，（因为到十二时半尚不能睡，故又加服眠剂一枚）。

九月十六日，晴，如昨。

今晨四时许醒一次，五时许又醒即起身。形扰得很。六时十分赴北京医院注射及医治新近发生之咳嗽。九时返家。续校改前揭之论文第三章。

久缺女工，今日始得一大脚老太婆，北京人。昨日下午四时来上工。不知此人如何？

中午小睡一小时。下午续修校改前揭之论文第四章。晚阅报、参资及书刊。十时服药二枚，十一时许入睡。

九月十九日，晴有时阴，如昨，

今晨三时醒一次，后又睡，五时半又醒，即起身。做清样工作半小时。上下午均校改论文，中午小睡一小时。阅报、参资。晚到人大小礼堂看碗碗腔[illegible]，十时半返家，服药之后，阅书至十二时入睡。

九月二十日，阴，傍晚小雨，如昨，

今晨五时许醒，又入睡，七时再醒，即起身。做清样工作半小时。八时赴北京医院注射。上下午均校改论文，中午小睡一小时。阅报，参资。下午校改论文二小时。至五时半休息。晚七时至文化部小放映室看日本彩色宽银幕影片《启衣之爱》，此为历史题材。九时半回家，又阅书至十时半服药二枚，十一时半入睡。

九月二十一日，阴，如昨。

今晨四时许醒一次，如厕又睡，六时许再醒，即起身。做清洁工作半小时。上午阅报、参资，又校改论文。因为文学评论编辑部文艺张先生将一本文书，并有张燕表，因此，校改暂停，而把发已誊清者校勘一遍。中午小睡一小时。下午仍校勘誊清稿。三时止。五时半赴美代办处的酒会（为蒙哥马利元帅访华）、七时返家。八时半奉命赴人大三楼小礼堂陪招待蒙哥马利看歌舞剧杂技表演、九时半返家、十一时服药二枚、阅书至十二时入睡、

九月二十三日、阴、发作。

今晨三时许醒一次，加服八剂一枚，旋又入睡，五时许又醒，又睡，六时又醒，即起身。肚腿微痛，但即愈。八时赴北京医院注射，阅报，处理杂事。十时十五分赴机场欢迎古巴总统。十二时返抵家。中午小睡一小时。下午校阅论文的誊清稿。晚赴周总理招待蒙古马利

的宴會，九时半返家，閱參考資正
十二时服藥二枚，一时后入睡。

九月二十三日，晴，有时多雲。
安眠。

今晨四时许醒一次，后又入睡，五时许又醒，即起身。做清洁工作半小时。上午九时—十六时，部务会议。中午小睡一小时。下午閱報，参資。晚赴列半席宴請步巴德總，九时半返家。十时半服药二枚，十二时许入睡。

九月二十四日，晴，多雲。安眠。

今晨三时许醒一次，五时许又醒，即起身。做清洁工作半小时。八时赴北京医院出射。

上午校改论文的誊清稿完。中午小睡。今日为星期，又为中秋。下午阅报、参资。四时，全家赴颐和园，五时在听鹂馆吃饭，七时回城，因七时半在人大小礼堂为古巴[illegible]演出影片，须到场也。（此次晚会用文化部及中拉友协名义）。十时半返家。服宁二枚，於翌晨一时许入睡。

九月廿五日，晴，如昨。

今晨四时许醒一次，以后又朦胧入睡，六时许又醒，即起身。做清洁工作半小时。《历史和历史剧》论文前半部於今日上午送出。

閱報，參資。今日甚感疲勞。

中午欲睡而不能，時時醒，寔只未睡狀態。三時，華君中來談中波友協揭幕事，蓋配合波蘭來京舉辦之工業展覽會也。晚處理雜事。晚七時赴政協出席紀念魯迅八十誕辰大會。作報告。九時返家，十時服藥二枚，閱書至十一時入睡。

九月廿六日，晴，潮悶，廿七度。

今晨三時許醒來，有不能再睡之勢，乃加服M劑一枚，又閱書半小時，於四時入睡，五時許又醒，但旋又睡去，七時半又醒，即起身。做清洁工作半小时，八时赴北京医院注射，上午写信一封，寄赵长），阅报，参资。中午小睡一小时。下午三时接见捷克大使，四时四十分赴机场迎接波政府代表团，（团长为波中友协主席莫切里霍夫斯基）。五时半返抵家。晚七时半赴民族宫观波兰单独表演杂技家访华演出，请组共五人同，但两小时的演出节目太精采，九时半演完，十时返家。服药二枚，於十一时入睡。

九月廿七日，阴，午后雨，有时大雨，但气温仍然不低，廿五度左右。

今晨四时醒后，加服川剂一服，
旋又入睡，於五时半再醒，即起身，
做（作）清洁半小时。上午阅报纸、览、
十时五十分赴人民大会堂，
出席李富春为波代表团举行
之欢迎宴会。一时半散会，即回家，
休息一小时，处理杂事。三时半和陈
少赴颐和园，在听鹂馆遊，游园并
便餐。不料此时细雨濛濛，並未游览，
到园后，雨已止。於是乘船至昆明
湖内游一个圈子（时天已晚），即由仁寿堂出
园，我因七时须出席南汉宸为
国庆，祝波兰工业展览会的招
待会（在人大三楼），故於五时半同

城，十时到人大会堂，则家人也是刚才到齐。政府代表团为主宾，另外从事展览会布置工作的波专家，技术人员三百人及我方协助人员，共五、六百人。八时半散，即回家，十时服药二枚，十一时入睡。

九月廿四日，雨，有时较大，较昨稍冷，约廿二、三度。但午后更冷，不过二十度左右。

早晨四时醒后又睡，五时许又醒，即起身，做清洁工作。七时，八时赴北京医院治射。九时到北京展览馆参加波兰工业展览会开幕式。十二时返家，午饭后少睡一小时。

下午三时到人大同北厅听周总理报告，六时半毕，但我须出席波大使之招待会，不得不先走。九时返家。阅报，参资。十时服药二枚，十一时又加服川剂一枚，於十二时半入睡。

九月廿九日，晴，但北风较劲，气温突降，廿度左右。（最高）

今晨三时许醒来，后又入睡，五时许再醒，加服川剂一枚，约半小时后入睡，六时半又醒，即起身。做清洁工作半小时。九时彙報会议。十时二十分赴机场为欢迎尼泊尔国王也，但到后始知飞机误点，将迟到一小时。返家时已为午后一时。匆匆进午飧，倦甚，休息一小时，朦胧入睡。二时半赴人大山东厅，为欢迎波中友协会长普拉里霍夫斯基举行茶会。四时半散，回家阅报，参资。七时赴欢迎尼国王之国宴。十时返家，服药二枚于十二时许入睡。

九月卅日，阴，有雨，廿度左右，

夜晨四时醒一次，半小时后始再成眠，五时半又醒，即起身。做清洁工作半小时。八时赴北京医院往財，並醫咳嗽。十時返家。閱報，處理雜事。中午小睡。下午閱參資。處理雜事。六時半赴人大宴會所，慶祝國慶之國宴會於七時開始，約三千人，（其中外賓約千人）。十時宴會結束，返家時為十時半，服藥二枚，約近十二時始入睡。

一九六一年十月一日，晴，多云，二十度左右。晚南风颇大。

今晨五时许醒来，后又入睡，六时半再醒，即起身。做清洁工作半小时。九时赴天安门，十时庆祝国庆游行开始，十二时毕。返家稍息，赴葉季壮欢迎波代表团的宴会，二时返家，小睡至四时。阅报，处理杂事。六时带小钢、小宁上天安门楼看焰火，时南风正劲，十小宁滚。九时半归家。十时服药二枚，十一时许入睡。

十月二日，晴，多云。后阴，比昨

先风。

今晨四时许醒来，不能复睡。五时半起身，做清洁工作。半小时，即驱车赴机场欢送波伦代表团。六时许返抵家，倦甚，小睡半小时。今日室内仅十六、九度，阅报、参考资料。中午又睡一小时许。下午补记前两日的日记。五时半赴北京饭店出席几内亚日庆招待会，七时半赴人大出席古巴法德之告别宴会，十时半返家，服药二枚，於十二时半入睡。

十月三日，阴，如昨。

今晨二时醒一次，五时又醒，未能再睡，即起身。做清洁工作半小时。七时三十分赴机场欢迎李总统，返家时已十点钟。阅报。中午小睡一小时。下午阅参资。处理杂事。晚六时赴文化部部长及公司局长在四川饭店之聚餐，此为对铁之下放刘之调动表示意思也。七时半返抵家，看电视一小时。十时许服药二枚，阅刊物及案卷，十一时尚无睡意，乃加服同剂一枚，约半小时后入睡。

十月四日，晴，有雨，如昨。

今晨二时许醒一次，五时许又醒，但又入睡，七时许再醒，即起身。做清洁工作，十时，赴北京医院注射。上午阅報、覆中国青年出版社信至为其印之2000年短篇小说漫评写了个总纪。中午小睡。下午阅参资，处理积压之来信及来稿共五件。晚七时赴人大小礼堂参陪尼泊尔国王及王后观看歌舞晚会。十一时返家，服药二枚，十二时后入睡。

十月五日，晴，廿三度左右。

今晨二时许醒一次，幸旋即睡，五时又醒，又睡至六时半起身，做清洁工作半小时，九时赴国务院参加会议。十时半返家，阅参资、報，中午小睡，二时接通知，于二时半参加中尼（泊尔）边界条约签字仪式，三时到北京饭店理髮，晚阅书刊，十时服药二枚，十二时许入睡。

十月六日，晴，如昨。

今晨二时、五时各醒一次，六时许醒後即起身，做清洁工作半小时，八时赴北京医院注射，上午覆信四封，阅報、参資，中午小睡，下午三时，文学研究所现代文学史小组同志十余人来座谈，五时半去，晚閱電視半小时，又閱书刊至十时服藥二枚，十一时入睡。

十月七日，晴，廿度、八度。

今晨五时许醒来又睡一小时，于六时半起身，做清洁工作半小时，閱報、参消。中午小睡一小时。下午二时半携小钢到文联俱乐部看美術展（書法展），四时许返家。五时赴德大使为民德建国庆在北京饭店举行之招待会，八时返家。小钢随小安今天到乡下去了，星期一方始回来。

晚閱電視一小时，又阅书至十时

服药二枚，十二时许入睡。

十月八日，晴，如昨。

今晨二时、五时各醒一次，章鉅印睡。七时半起身。做清洁工作半小时。今日为星期，昨晚曼带了小钢到鄉下去了，因此今天很是冷清的。八时赴北京饭店医院注射。上午校对「历史与历史剧」前三章的打校。中午小睡。下午续校。阅数参资。晚赴约旦大使馆为约议会代表团访华而举行之招待会，九时返家。阅電视一小时，又阅书刊至十时服药二枚，十二时半入睡。

十月九日，晴，廿五度：八度。

今晨二时醒后未能即睡，但五时醒后未能熟睡，六时半起身。做清洁工作半小时。上午下午均续校阅了歷史与歷史劇之第四章，補充了若干材料。中午睡眠半小时而已。阅報、参資。晚六时半赴人大会堂出席辛亥革命五十年纪念大會。十时半返家。服藥二枚，于十一时后入睡。

十月十日，晴后陰，傍晚后有小雨，廿二度左右。

今晨三时醒一次，五时又醒，六时半起身，做清洁工作半小时。

昨晚起即咳嗽，今日更劇，喉頭作痛，声啞。八时赴北京医院診治，今日在家注射，暂停，改注射预防肝炎针。上午阅报，又校改《麻史与麻史剩》论文之第四章，补充了周朝得氏的法规以证苦成当为晋卿郤犨之孙而亡命于越者也。十二时赴四川饭店，文化部为一部分外地来的编写教材的同志即将回去故举行了此宴会，共百二十余人。一时半返家，小睡至四时，阅参考资料等。五时半赴北京饭店宴请日本作家藤森成吉及岛田和津。八时半返家。咳甚，阅书至十时服药三枚，于十一时许就寝，但因咳甚，不能安枕。

十月十一日，阴，转冷，十六度，

七度而已。

昨夜咳甚，不能安枕，醒了多次，今晨六时半起身，仍做清洁工作半小时。九时前方会议，十二时完毕。下午一时赴机场，（贺总由贵阳泉到民主国庆祝国庆，於今日二时十五分到），随同总理吴努代表团将於四时许到），並至四时半始返，咳甚，已失音。晚七时紫赴总理招待吴努之宴会，（约十人）。十一时返家，服药二枚，阅参资，约於十二时许入睡。

十月十二日，晴，最高十八，最低三度而已。

今晨四时醒一次，後又朦胧入睡，六时半再醒，即起身，做清洁工作半时，咳略可，但仍失音，喉头微作痛，而特疲倦，除服止咳药外，仍服银翘解毒片。八时赴北京医院注射，上午阅教，处理杂事。阅参资，中午小睡一小时许，下午阅书，处理杂事。晚阅书至十时，服药二枚，十一时半入睡。

十月十三日，晴，多云，六度，五度。晚细雨。

今晨二时醒来一次，五时许又醒，此后朦胧至六时半起身，做清洁工作半小时。咳嗽仍未全愈，但已好多了。上午阅教，参资，校改历史与历史剧第四章完，中午小睡。下午处理杂事。晚赴吴努告别宴會、十時返家、服藥二枚、十一時許入睡。

十月廿日、陰、有小雨、十六度、五度。

今晨二時、五時各醒一次、六時半起身、做清潔工作半小時。七時四十分赴機場歡送吳舅、十時返抵家。又赴兆豐醫院注射。閱報、參資。中午小睡一小時。下午閱參資、處理雜事。小寧自上星六傷足以後今已一週、適接寧電話說昨已能下床、尚每天换藥，故明天不進城了。晚赴周總理宴奉温將軍。九時返家、十時服藥二枚、十一時始入睡。

十月十五日，阴，二十度，八度。

今晨二时、五时各醒一次，六时半再醒即起身。做清洁工作半小时。十时十五分赴机場，送李涵将軍也。九时二十分返家。今日為星期，小寧等未來，寧鋼一人在家。上午閱報，處理雜事，中午小睡一小时。下午閱參考。晚六时赴尼泊尔國王之告别宴會。十一时返家。服藥二枚，十二时许入睡。

十月十六日，多雲，十八度。

今晨三四时、五时各醒一次，六时许起身，做清洁工作半小时。七时半赴机場，送尼泊尔國王一行。返

又遇個外長。十時始返抵家。上午閱
報、參資。中午少睡。下午處理雜事。
晚閱習字十時，服藥二枚，十一時許
入睡。

十月十[redacted]七日，陰，雨，十七度。

今晨三時許醒一次，四時半又醒，
起身至廁所中間爆炸封，擬上稀
飯，待佛經封文聞爆炸，再睡一小時，
即八時許起身。歇此一小時是李睡李
醒）。做清潔工作少時。上午處理
雜事，閱報。中午少睡。下午閱參
資，處理雜事。晚七時赴宴越南
文聯副主席阮廷詩（他因病來華
修養了三個月，現將回國，並北京已

三、四日。明日即離京返國）。九时散，文

赴民族文化宫观京剧《武则天》，十时

半返家。服藥二枚，十二时许入睡。

十月十八日，陰，十八度。

今晨二时、五时多醒一次，六时半

又醒，即起身。昨夜咳甚，今日頗感

疲勞。早，做清潔工作，未出去。上午

閱報，處理雜事。小寧於九时许

到家。他因傷足已經休息一个星期

了，現在傷未全癒，卻走。

中午小睡一小时。甚冷，精神倦

怠。下午寫復信四封。晚，在文化部小

放映室看蘇聯故事片《人血不是

水》，此為老片了。九时返家，閱書

至十时，服藥二枚，十一时许入睡。

十月十九日，阴，如昨。

今晨二时、五时各醒一次，六时半再醒，即起身。做清洁工作半小时。上午阅报，参资，处理杂事。中午小睡一小时。下午阅书，处理杂事。晚阅电视到九时许，又阅书一小时，服药二枚，于十一时许入睡。

十月二十日，阴，十五度－二度。

今晨二时、五时各醒一次，六时半又醒，即起身。做清洁工作半小时。上午阅报，参资，处理杂事。作札记（关于历史及历史剧的第五章——现代各剧种的卧薪尝胆剧本）。

中午小睡一小时。下午处理杂事，

作札記。晚七時赴波蘭大使館為
波平独表演藝術家所举行之
招待會，及小提琴表演，九時半
返家，服藥二枚，又閲書至十二時許
入睡。

一月廿一日，陰，有小雨，十五度、
六、三度

夜晨二时，五时各醒一次，六时
半又醒，即起身。做清洁工作半
小时。上午閲報、参資、閲書、中
午小睡一小时。下午三时，蒋、徐、胡
来谈五月人大會上交代部份的報
告起草事項。五时散。晚閲

電视一小时，又阅书至十时服药二枚，十二时入睡。

十月廿二日，晴，十五、七度，○度。夜间三时、五时各醒一次，七时许醒即起身。上午阅报，参资。中午小睡一小时。下午阅书。五时赴人大福建厅参加中日文化交流议定书签字仪式，并酒会，六时半返家。阅电视至十时，服药二枚，半小时后入睡。今日为星期。

十月廿三日，晴，十六度，二度。夜间二时、五时各醒一次，六时半醒即起身，做清洁工作半小时。上午处理部务，阅报，参资。阅周晔（禹华的长女）送来她所写的小说稿。中午小睡半小时。三时，严文井、张僖来谈作协各项事务，四时半去。续阅周稿。晚阅周稿完。十时服药二枚，十二时许入睡。

十月廿四日，阴，十七度、四度。

晨三时、五时各醒一次。五时醒以后半小时始入睡，六时半再醒，即起身。做清洁运动半小时。上午阅报、参考，写长信给周晔（约二千五百字），述我的读后感，并建议作较大的修改。中午小睡半小时。下午作有关《历史与历史剧》论文的札记。五时赴新侨饭后出席朝鲜代表为纪念中国人民志愿军抗美援朝十周年举行的酒会和電影招待會。九时半返家，十时半服药二枚，阅书到十二时许入睡。

十月二十六日，阴，十六度，六度。

今晨三时，五时各醒一次，七时醒后因隔房人声嘈杂不适，致不能再睡，但后来又朦胧了片刻，八时卅余分起身，做清洁工作半小时。上午作札记。阅报，参考。中午小睡一小时。下午续作札记。晚阅電视至九时，又阅书，十时服药二枚，如例，十一时许入睡。「夜来（八时半后）有零星小雨。」

十月廿日 晴，十六、九度。

昨晨二时、五时各醒一次，五时半以后即未能入睡。六时半起身，做清洁工作半小时。上午阅报、做参资，做札记。中午小睡一小时。下午二时半出席文艺报为讨论儿童文学召开之座谈会，并无深刻的见解，大多在会上，数发言者人云亦云而已。而且，参加座谈会的我们教育工作者对少年儿童文学的问题所知不多，且亦不深。五时半返家，此时座谈会尚未完全结束。近来甚易感疲劳。三个小时的会未能开完。晚阅书至九时，服药二枚，十一时许入睡。

十月廿七日，阴，大风，十六、九度。

今晨二时，五时各醒一次，五时后不能再睡，六时半起身，做清洁工作半小时。上午阅報，参資，阅李满天的短篇小说力原，並写了读後感，寄给李。中午小睡半小时，下午阅书。晚阅電視一小时，又阅书至十时服药二枚，十一时许入睡。

十月廿八日，晴，风已止，十三度，〇下一度。

今晨三时醒一次，六时又醒，不能再睡，六时半起身。上午阅報，参资，处理杂事。中午小睡半小时。下午二时半主持梅兰芳戏剧艺术週开幕式。三时许回家。阅书，作札记。晚阅电视至十时，服药二枚，十一时半入睡。

十月廿九日，晴，如昨。

今晨三時，五时各醒一次，七时又醒即起身。今日为星期，上午阅报，处理杂事。中午小睡一小时。下午阅书，作札记。阅参资。晚阅书至九时服药二枚，十时许入睡。

十月卅日，晴，如昨。

今晨三时，五时各醒一次，五时

许又醒，不久再睡，五时半起身。做
清洁工作半小时。上午阅报，参资，
做札记。中午小睡半小时。下午续
写儒史与儒史剧论文第五章。晚
阅书，至十时服药二枚，十一时许入睡。

十月廿一日，晴，十八度、三度。

昨已入睡后，只朦胧片刻（约十来
分钟）即醒。此后不久再睡，于十二
时四十分重新开灯阅书，直感少被
盖，继而于今晨二时许入睡。三时
又醒，起来小便后又睡，五时又醒，此
时东方未明，然而不久再睡矣。五时
半起身，做清洁工作半小时。八时
赴北京医院注射，十时返家。上午

阅報，处理部务，中午小睡一小时，下午续写论文，自三时至六时。晚阅電视至八时，又阅书至十时服药二枚，然而直至四时卅分后始入睡。

一九八一年十二月一日，阴，二度、四度，有时雨下，晚上小雨。

今晨三时醒，五时又醒，六时起身，做清洁工作半小时。上午阅报、参资，续写论文二小时。中午小睡一小时。下午续写论文二小时。晚七时赴首都剧场出席苏大使馆举行之庆祝晚会。九时半返家，十时服药二枚，十二时后入睡。

十二月二日，阴，十四度、四度。

今晨三时、五时又醒一次，七时后五时酣睡，八时许又醒，九时半起身，做清洁工作半小时。十时赴北京医院注射，十一时半返。上午阅报、参资、写论文。中午小睡一小时。下午续写论文。今日共写四小时，僅成千餘字，因臨时又查书，費时頗多也。晚阅電视一小时，又阅书至十时，服藥二枚，於十一时始入睡。

十二月三日，晴，有风，十五度、一度。

今晨三时、五时各醒一次，七时醒後未即再睡，八时半起身，做清洁工作半小时。上午阅報，續写论文二小时。中午未即小睡，阅参資。下午續写论文三小时。晚阅電视一小时，又阅书至十时服藥二枚，十一时许入睡。

十二月四日，晴，十七度、二度。

今晨三时、五时各醒一次，六时又醒，七时半起身。做清洁工作半小时。八时赴北京医院注射。九时半赴中芬友协总会接见芬中友协代表团（卅二人），十一时半返家。中午小睡一小时。下午阅报、参资、处理杂事。晚阅电视二小时，又阅书。十一时服药二枚，十二时许入睡。

十一月五日，晴，十七度，四度。

今晨三时、五时各醒一次，以后即未再酣睡。七时半起身，做清洁运动半小时。今日为星期，华与小宁昨晚来家。上午处理杂务，为王巨俞写字两幅，又为王一品笔店题纪念创立二百二十周年词。阅报。中午小睡。下午阅参资、電信六封。晚阅参资至十时服药二枚，十一时半以后入睡。

十一月六日。晴，有时阴，十四、四度，傍晚起大雾。

今晨四时半醒，即要厕，再睡，至六时许有腹胀之意，但不厕，再无睡御，六时起身，做清洁工作，半小时。八时赴北京医院注射。

上午处理邮事，阅报，参资。覆信两封。中午小睡。下午理发，续写论文一小时。晚七时赴怀仁堂出席北京各界人民庆祝十月社会主义革命四十四周年大会。十一时返家，服药二枚，于十二时半入睡。

十二月十七日，晴，西，三度。

今晨仍然有雾，十时后雾消散。今晨四时醒后又睡，至七时再醒乃即睡矣。阅书至九时半起身。做清洁后半时，阅报，续写论文一小时。十一时半赴四川饭店欢宴苏中友协专业旅行小组，即前日接见者。下午二时半始归。下午阅参资，处理杂事。五时卅分赴苏大使馆出席招待会，八时返家。阅书至十时服药二枚，十一时半入睡。

十二月十八日，晴，十三、〇下三度。

昨夜九时起大风，窗震震作响，

今日上午仍甚大，午后稍敛。

今晨五时醒后，又睡，六时半为闹钟惊醒，此真罕有之事也。大概是昨天没有用脑之故。六时五十分起身，做清洁工作。半小时，八时赴北京医院注射，九时返家，上午阅报、参资，处理杂事，不觉即到十一时，中午小睡，下午处理杂事，覆广东王匡一信。晚阅广视一小时，九阅书至十时服药二枚，十一时半入睡。

十一月九日，晴，十度，○下四度。

今晨四时许醒后，旋又入睡，六时又醒，七时半起身，甚倦，做清清工作半小时。上午阅报、续写论文二小时。中午十二睡一小时。阅参资、续写论文二小时。晚阅电视一小时，又阅书至十时服药二枚，十一时许入睡。

十月十日，晴，十三度，〇度。

今晨二时，四时，五时各醒一次，五时醒后朦胧半小时许即不能再睡，六时起身，做清洁工作半小时。八时赴北京医院注射。上午阅报、参资。续写论文一小时。中午小睡半小时。下午阅参资、通读遍，修改已写成之论文第五章。晚阅电视一小时，又閱书到十时服藥二枚，十一时许入睡。

十一月十二日，晴，星期一。

昨晨三时、五时多醒一次，六时起身，做清洁工作。七时半，上午九时部务会议，十二时半散會。中午小睡半时，下午閱報、参資、处理轉来事。晚閱電視一时，九时閱书到十时服藥二枚，十一时许入睡。

十一月十三日，陰，星期二。

昨日为星期，舉弟与宁自鄉下来。

今晨三时，五时各醒一次，六时半又醒，即起身，做清洁工作半小时，上午阅報，参资，中午小睡一小时，下午阅书，晚阅電視一小时，又阅书至十时服药二枚，十二时许入睡。

十月十三日，小雨，如昨。

今晨二时，四时各醒一次，五時半又醒，即再睡，六时起身，做清洁工作半小时，上午阅報，續寫论文二小时，中午小睡半小时，下午續寫论文二小时，阅参资，晚阅书至十时服药二枚，十一时许入睡。

十一月十四日，阴，十度、四度。今晨四时、六时各醒一次，九时前再睡，九时半起身，做清洁工作半小时。八时赴北京医院注射。上午阅报，续写论文二小时。中午小睡一小时。下午阅参资，续写论文二小时。第五章写完，共约万余字。晚阅电视，又阅书至十时，服药二枚，十一时许入睡。

十一月十五日，阴，十度、三度。

今晨二、四、六时各醒一次，七时半起身。做清洁工作半小时。上午续写论文二小时。下午同。中午午刻小睡，卧看日报，参资。晚阅电视一小时，又阅书到十时服药二枚，十一时许入睡。

十二日，晴，十二度、二度。

今晨四时醒来，即又睡，五时再醒，七时半起身，做清洁工作半时。八时赴北京医院注射。上午阅报，参资，处理杂事。续写论文一小时。中午午刻小睡。下午校阅论文已写部分。晚阅电视一半时，又閲书至十时，服药二枚，於十二时後入睡。

十二月十七日，晴，多云，十度、六度。

今晨二时、四时、六时各醒一次，六时方起身。近来老是两小时醒一次，比起上半年一觉到睡五六时，何等退步了，但幸而醒後仍再睡。做法是作半小时。八时，韦君宜来谈三年短篇小说选一事，九时半静去。上午阅报，整理材料，为论文的最後一章作准备。中午

膀胱半小時而已。閱參資。下午覆信四封。處理雜事。晚閱書至十時服藥二枚，十一時許入睡。

十一月十八日，晴，十三度，六度，今晨四時，六時各醒一次，六時半起身，做清潔工作半小時。八時赴北京醫院注射。九時，副部長們學習教會。十一時半完畢。中午午睡一小時。下午閱報，參資，處理雜事。晚閱電視一小時，又閱書至十時服藥一枚，十一時許入睡。

十一月廿九日，阴，多雨。

今晨二时、四时各醒一次，六时半再醒，即起身。做清洁工作半小时。上午阅報，参资。中午小睡一小时。下午三时半，楼适夷来谈，至五时辞去。晚阅電视半小时，又阅书至十时服药二枚，十一时许入睡。今日为星期，燮如、寿来。

十一月三十日，晴。十度，下三度。

今晨四时醒来，后又睡至六时许，即起身。做清洁工作半小时。上午覆信两封，处理雜事，赴北京医院注射。阅報，参资。中午小睡半时。下午续写论文第六章。晚阅书至十时服药二枚，十二时许入睡。

十二月廿日，十度、〇下二度，晴，有三、四级北风。

今晨四时醒来，又睡了一时许，六时半起身，做清洁工作半小时。上午阅报、参资、处理杂事。中午小睡一小时。下午为续写论文作准备，重翻已读之多种[illegible]的剧本，并作札记。晚七时携女钢看了天鹅湖。九时半返家，又阅书至十时半服药二枚，十二时许入睡。

十一月廿二日，如昨。但风已止。

今晨五时许醒来，不能再睡，乃阅书，六时半起身，做清洁工作半小时。上午阅报，参资，仍为续写论文作准备。（八时曾赴北京医院挂号，至今又一疗程告一段落）。中午小睡一小时。下午处理杂事，为续写论文作准备至上午。二时赴四川饭店宴日本文化代表团，六时半归来，又至文联看京剧一小时，十时返家。服药二枚，十二时顷入睡。

十一月廿三日，十二度，〇下四度，晴，无风。

今晨四时许醒来，又朦胧一小时，六时半起身，做清洁工作，半小时。上午阅报、参资、阅地方剧团所编之卧薪尝胆剧本，下午再阅此项材料。中午未能小睡。晚阅书至十时服药二枚，於十一时许入睡。

十一月廿四日，十一度、○下二度，晴，无风。

今晨二时、四时各醒一次，六时半再醒即起身。做清洁工作半小时。上午写论文。下午同。中午阅报、参资，小睡半小时许。晚閱書至十時服藥二枚，十二時許入睡。

十一月廿五日，如昨。无风。

今晨四時醒後，又睡，六時許又醒，七時半起身。做清洁工作半小時。上午九時，副市长们來報。十二時完。中午半小時睡。下午續写论文，至五時。晚閱電視至九時，十時服藥二枚，十二時許入睡。

十一月廿六日，如昨。

今晨三時，五時各醒一次，五時後实未能睡，朦胧至六時半起身，做清洁工作半小時。上午閱報，参資。中午小睡一小時。下午續写论文至五時。今日為星期。

桑贞子穿来家，晚阅电视至九时，又阅书到十时服药二枚，十一时许入睡。

十二月廿七日，雨，较昨日较为冷。

今晨仍是四时，五时左醒一次，又时半起身。做清洁工作，至七时，上午阅报、奏琴、读写论文、中午未能入睡，下午三时赴人大同北厅听周总理报告第22号及其他。八时返家。晚阅书到十时，服药二枚，但直到十二时许始入睡。

十二月廿八日，晴，如昨。

今晨五时许醒来，甚倦，然而未能再睡。六时起身，做清洁工作半小时。上午阅报、参资、续写论文。中午未能入睡，下午续写论文，至五时止。晚阅电视至九时，又阅书至十时服药二枚，十一时许入睡。

十二月廿九日，晴，冬暖。

今晨四时醒来，后又朦胧至七时许，八时半起身。做清洁工作半小时。九时十五分赴北京市戏曲学校，为公祭该校校长郝寿臣，十时半返家。阅报、参资。中午只小睡十来分钟。下午续写论文。晚六时先赴阿尔巴尼亚国庆招待会，旋于七时赴欢迎日本作家代表

国三语会，九时返家，服药二枚，
十二时许始入睡。
十二月廿四日，晴，如昨。
今晨五时许醒后未能再睡。
上午阅报，参览、续写论文，下午
续写至五时，中午未能睡，晚
阅书到十时服药二枚，十二时许入
睡。

一九六三年十二月一日，晴，星期。

今晨仍酣四时，六时多醒一次，六时半起身，做清洁工作半小时。上午下午均续写论文，中午未睡，阅报参道。晚阅电视至八时半，又阅书至十时服药二枚，十时入睡。

十二月二日，阴，有小雪，七度，至下三度。

今晨一时许即醒，加服眠尔通一枚，又睡，四时又醒，此后未再酣睡，六时又醒，七时才起身。上午续写论文完，做清洁工作半小时，中午小睡半小时。下午阅敦参资，校阅编文之誊清稿。晚阅电视至九时半，又阅书至十时，服药二枚，十一时入睡。

十二月三日，晴，8度，0下4度。今晨二时、四时、五时各醒一次，五时半起身，做清洁工作半小时。今日为星期，中学茅昕晚来家。上午下午均校阅论文誊清稿，晚五时毕，中午未睡。阅敦参资，晚阅电视至十时，服药二枚，又阅书至十一时许入睡。

十二月四日，晴，六度，〇度。
夜間約於二、四、六時各醒一次，六時半起身。做清潔工作半時。上午覆信五封。閱報、參資、中午未能睡着，僅躺着看了一本參考資料。下午二時，楊之華帶一記者為瞿秋白回憶錄來要材料，但我要記不起來了。因為彼此來往，談話多了，而使談也不是討論問題，只是天南地北，談到那里是那里，而行動少，故日久遂都忘之。楊於四時許辭去。晚閱書到九時服藥二枚，十時許入睡。

十二月五日，晴，四度，〇下六度。

有風。

今晨四時許第一次醒來，一覺能睡五小時許，此為半月來第一次，但此後即不能再睡，朦朧約一小時，又時後起身。做清潔工作半小時。處理信兩封。九時半赴政協出席常委會。十二時返家。中午小睡半小時。下午閱報、參資。處理雜事。晚閱電視一小時，又閱書已十時，服藥二枚，十一時入睡。

十二月六日，晴，冷同昨。

今晨四時許醒來不復能酣睡，朦朧至五時許起身。做清潔工作半小時。上午閱報、參資、理髮化一小時。（每月理髮一次，但此次已適趣来个月了。）中午少睡未少时。下午閱书，處理雜事。六时赴芬蘭使館出席芬国庆招待会，七时返家。閱電視未少时，又閱书到十时服藥二枚就寝，十一时入睡。

十二月廿七日，晴，二度，〇下七度，有风。

凌晨一时许即醒，加服川丸一粒，又睡，三时许再醒，甚倦，取草纸窗，五时再睡矣。六时才起身，做清洁工作未少时，上午写复信四封，為周信芳舞台生活五〇年写题词，（戲劇報特輯之用），閱报，参资。中午小睡一小时。下午二时半赴北京医院注射防霍乱针，因即将赴广州，而赴广州例须注射此项防疫针也。其实广州方面霍乱早已平息。三时半薇文来谈，五时辞去。晚阅电视一小时，九时服药二枚，又阅书到十时就寝，约半小时后入睡。

十二月八日，晴，四度、0下六度。

昨晨四时许醒来，加服门丸一枚，的来去后又睡了一小时多，六时又醒，到有上掌，然后再睡，六时半起身，做清洁工作半小时。上午阅报、参资、处理杂事。中午

中睡一小時，下午二時半赴作協出
席座談「膽劍篇」之會，凡七八
人。六時返家，晚閱書至九時服藥
二枚，十時許入睡。

十二月九日，晴，七度，〇下六度，
有風。

今晨五時醒來，不能再睡，但一
覺睡六小時，則真感奇蹟矣。六時
起身，做清潔工作半小時，上午閱
報，參資，中午半時小睡，下午閱
書，處理雜事。晚閱電視至九時，
又閱書至十時服藥二枚，十一時入睡。

十二月十日，晴，七度，〇下五度。

今日為星期，今晨三時許即

醒，亦久不能再睡，加服阿丸一粒仍不能睡，后于四时许又服安眠药一枚，乃于十多分钟后入睡，七时半醒，势不能再离枕衾，虽然仍晕背痛。上午阅报，处理杂事，仍然头晕。中午小睡，下午阅参资。晚整理出门行装，盖已定于十二日乘飞机赴广州也。晚饭后无此时间矣。九时服药二枚，阅书至十时就寝，十时许入睡。（今日蔡与之章柳来，下午五时来同到会聚谈，六时归家）。

十二月十一日，晴，如昨。

今晨三时、五时两醒一次，六时又醒，至七时再睡，九时半起身，做清洁工作半小时。九时（后任部作协）副部长们来叙。十二时在四川饭店宴请周信芳，因今晚即将为周之演戏生活六十年开纪念会也。二时返家，阅报，参、渝。整理行李。晚七时出席纪念会。十时半返家，服药二枚，阅书至十二时入睡。

十二月十二日，晴，西北风五六级，三度、〇下八度。

今晨三时、五时两醒一次，五时半后未再酣睡，朦胧至七时半起身，做清洁工作半小时。上午赏信四封，处理辦务。閱報，参資。
中午小睡，下午整理什物，閱书。
晚閱书至九時服藥二枚，十時許
入睡。
十二月十三日，晴，风已止。〇下
一度，〇下十二度。
昨晨三時醒後加服川剂一丸，
五時又醒，不能再睡，偃卧至六
時起身。上午閱報，做清洁工作
未出門，最後整理什物。十一時半
午飧，十二時四十五分赴机場。仲
秋元及萬里同志（省加工厂随人员）
到机場送行。十三時五十分起
飛，三時〇六分到鄭州，停半小時，

鄭州降，大風。五时十五分到武漢。
未到时有雨，飛机窗上水流如注，
以為下机时必逢雨了，那里知道
到时只是陰雨而已，风亦大。在
武漢停一小时，進晚餐，（金壽附
家西餐，每人三元，一湯、一魚、一雞、
水果，尚可口。）七时卅分至長沙，們
停半小时。長沙风大，亦有陰天。十
时（九时五十五时着陸）到廣州，王
闌西（省委文教部部長）、杜埃（省文化局長、廣東作協副主席）、華嘉
侯局長等來迎，旋即赴賓館。十
一时許，王匡同志來（他因談五
開會未到机場）、歐陽山、陳

瑞雪因宴送日本文学家代表团，
未能及时赶到机场，並我等赴宾
馆时，看见他们的車子过去，然
而一霎即过，未能招呼，后来他们
又到羊城宾馆去找，未遇，且不
記我们不住羊城也），請十点
鍾，他们都告辞了。我们理行李，
至一时服安眠药二枚，方得入睡。

十二月十四日，有雪，有时晴，阳光
灿然，北风六、七级，二十度、十度。

今晨五时许醒来，甚倦，又服两
片，再睡。七时许起身。八时半早
餐。九时，肃殷来，且约晚饭，達
今天由他陪同我们去参观游览也。
广东省党代表大会正在开。

會，他們百忙中抽時間來招待我們，甚不安。此會將於今日結束。日時浩原（因公出事，明日將返京）也來談之情況。九時半驅車參觀了烈士陵墓（即紅花崗處地面擴大了），越秀蘭圃。十一時半返賓館。午餐後稍々躺了一會兒，但只躺十數分鐘而已。府許起身。二時半，區生來為此診治。三時去招英家，我旋即到羊城賓館與上海京劇團合作團員見面，並講了十來分鐘的話，為他們加油，並祝他們的三个任務勝利完成。旋又到招英家接他同返賓館。六時晚飯，七时来至宝馥小剧场看粤剧，马师曾演孙宝种食鸡，讽刺富而吝啬之軼事，卅年前马自编的讽刺喜剧，红线女的四凡，十时半返房间服药二粒，十一时许入睡。

十二月十五日，阴，十六度，八度。

今晨五时醒而又睡至六时半，又醒，即起身，早餐后，杜埃、秦牧先来，欧阳山、陈残云、周扬、苏灵扬都来，谈了一些时候，不觉已是十一时，出外赴中山医院诊病，家人们告辞，我又至宝馥补写前两日的日记。下午二时来

由秦牧陪同，参观了文化公園及
工藝美術陳列館，此原為陳
家祠堂，建於一八九〇年至九四年落成，
建築用了廣东的民间藝術品，如
石雕、磚雕、木雕、泥塑、陶塑等。
此項建築甚富有美術價值。解
放後修葺，匡去曾用此祠作為学
校，音乐、舞蹈和日寇都曾在此祠駐兵，门窗
毁损残（令）现在还在抢修樑柱
也。五时许返家。今日下午同参观陈
家祠、越秀文化公園者，有周立波、谢
冰心（他们刚到）、郭君宜等七人。
晚曾生市长邀宴，于越秀
公园之随鹏轩。有蛇、大利鱼、田鸡、
狗肉诸名菜。七时半宴毕，返宾

館看上海京劇團之演出，青衣為
青年演員之文雅閑，尚為俞振
飛、言慧珠之夙匠巢，人氣術
造詣，已到爐火純青之佳，而言年
來進步更快，並曾去之安全上，
而有香港來的文化界人士十餘人，
姜協（與此間合）蔡君、華君武
等五六人。晚十時來返房間，服
藥二粒，於十一時許入睡。

十二月十六日，晴，多雲，二十度、
西度。

今晨五時醒來，小便後又睡，七
時又醒，七時半起身，八時，護士
來為他們抽血，驗血糖，並為他
來診因感冒、血壓偏高、

青青，昨夜去医院，颇疑血糖也增多了，故有验血之举。十时，沙赴医院检查。中午小睡一小时。（午阅報、休息、阅海南志）、下午三时，陪孙雪来、陪同参观华南植物园，看了猪油果试验地。（猪油果本为野生，现拟试验移植，並比較其与花生之经济价值。猪油果为藤生多年植物，结果如拳大，圆形，熟时果壳自裂，核凡五、七枚，比花生大，含油量多，味如猪油，故名。此为雌雄异株植物）。五时返宾馆，六时一刻赴王匡同志之招宴，在羊城宾馆。

月底有周揚去桂、歐陽山、王闌西、荒煤及其他有關文教方面領導人、九時返寓飯。十時服藥二枚、十一時許入睡。

十二月十七日、星期、如昨。

今晨〇時半即醒，後又醒了兩次、（三時、五時各一次）、八時不醒，即起身。腹瀉血作。找醫生、服氯霉素、上午又瀉兩次、每次量少，但腹中時時作聲。上午李亞、蕭殷來談、酬時即去。閱瓊州府志。中午小睡。下午整理行裝，蓋明日將往瓊作小住也。又閱海南志。五時赴林麟邀宴、在盤聽雨軒。八時許返寓飯、十時服藥二枚十一时许入睡。(午后腹泻已止，盖已连服保霉素三次矣。)

十二月十八日，晴，如昨。

今晨三时、五时各醒一次，七时起身。腹泻已止。大便一次，量少。收拾杂物，早餐。九时许陈残云来，旋即乘车出发。杜埃另车随队来，车中阅读，不觉时间过的很快。十一时许到从化温泉疗养区。下榻湖滨宾馆，此系新建，尚未全部完工。房面向湖，隔水青山环绕。今日阳光灿烂，约廿三、四度。午睡一小时。下午三时环游各处，过访草明，又

至郭老寓所。晚七时半在礼堂看
华南歌舞团演出之舞剧牛
郎织女。九时半返寓，服药二枚，
十时半入睡。

十二月十九日，晴，好眠。

今晨二时、五时各醒一次，七时许
又醒，七时半起身。上午九时与华南
歌舞团人去，编导、作曲、主要演
员座谈牛郎织女。杜埃今日回
广州，华明、孙福田、骆文来谈一
小时许。中午少睡一小时。下午出
外闲步，晚在俱乐部看人家跳
舞，八时半返家，九时半服药

二枚，十时许入睡。

十二月二十日，晴，多云，好眠。

晨二时、四时各醒一次，七时又醒，七时半起身。上午参观水库及蓄电站，中午小睡十来分钟，但偃卧至二时半。浸浴一次。又出外访问在此养病之黄娥。晚为陈强云下象棋一局，我输。又阅报至九时，服要二枚，十时许就寝。

十二月二十一日，阴，有小雨，好眠。

晚就寝后久久不能入睡，后于十二时许入睡，但为风声所惊

醒，有一窗未关，起而关窗，始知
此窗坏了，不能关。但北风甚劲，
（若）不设法则将受凉，夜中呼人
亦无用，乃将衣箱及其他什物
压住窗帘，然而仅能稍减风
势而已。风声呼呼，足有五级
也。幸而有蚊帐，虽帐中尚可避
风。此时约为（两）凌晨时许，后
来昏昏入睡，但不甜，五时许又
醒，此后迄未能再睡，朦胧至七
时半起身。八时许早餐，九时
乘车回广州，陈璐云同归。

车行较速，十时半到广州，们住迎宾馆四号楼三二二号。午间想小睡，但未能入睡。一时许整理什物，盖已定飞机票，二十三日赴海口。此行，由但闹病，去温泉三日，较了，血压正常，血糖亦减少。晚阅报，九时服药二枚，十时许入睡。晚十时许保姆来注射少时即去。

㊀十二月廿三日，阴，十八度，九度。

凌晨一时即醒，后又睡至三时又醒，被子太厚，浑身出汗，不能睡。于是起来，换了被子后用毛毡，双层，但顾了头顾不了脚，颇不惯。朦胧入睡，又醒，改为单层，五时又醒，则又觉冷，因起来把另一空床上的毛毡取来，如此方又入睡，七时多由此睡醒。上午整理什物，中午小睡。下午理发，弄了一小时许，遂因此不作别事。阅报。晚八时服药二枚就寝，九时才入睡。

十一月廿三日，从广州往海口。

今晨二时醒，后又睡，五时又醒，即起身，盖已睡七小时许，为近来难得之事。六时早湌，五时卅分，保罗（文化局长）及文化局职员秦岳云（女）来旅邸，同赴机场。原订起飞时间为七时半，今天误点，迟一时始飞。十时许到湛江，十二时到海口。区委李书记、刘文教部长等人去机场迎接。下榻宾馆。午饭后小睡。下午四时参观五公祠及海邱二公祠（原为二伏波祠）。晚有宴会，盖上海市委书记兼宣传部长石西民（由王匡陪同）适自榆林返海口，将于明日飞广州也。七时来看海南歌舞团之歌舞节目及琼剧《狗咬宝钗》。十时服畢，服藥二枚，不久即入睡。

十二月廿四，晴，在海口寓廬，最高廿五、六度，最低廿度。

夜間四時醒一次，五時又醒，七時半又醒，此時腹中鳴叫，急去廁，則瀉泄不止。此後隔二十分鐘又瀉一次，即找醫生。計至十時來共瀉六、七次。十時來後服四環素二枚，瀉止。中午未進任何飲食，但口渴，後一時飲茶一杯。下午始覺甚冷，又發燒，再請市人民醫院內科主任來診，燒一度，但腹內積氣甚多。另給退燒、調理腸胃之藥，仍服四環素每日三次，（共服四枚以不再服为）。晚七时，烧渐减。九时许烧退，服安眠药后即入睡。自离安徽，由沪在广州因感冒请医，又验血糖、血压等，她老是觉得在病中，余则健康，此为第一次闹病也。今日为星期。

十一月廿三日，晴，昨夜晨三时许醒来，服药（止泻者）一次，后又入睡，五时许又醒，又睡，七时半又醒，量体温，正常。但仍无食欲，早餐仅进粥少些，咖啡一杯。十时许，医生又来诊，嘱仍服昨日所给之药，退烧药不再服。中

今們進粥少些。今後得肯定明是
以飛榆林，因即整理行李，把較厚
之衣都留在海口。晚們食粥。（紅 今日）
昨日一樣都只以腐乳佐餐，不使進餐
油腥。今日有少量大便。晚九時服
安眠藥，九時半後入睡。
十二月廿三日，陰，多晴。
昨入睡後於今晨零時許醒一次，
至半小時後始再入睡，此後，於三時、
五時各醒一次，五時後不能再熟睡。
六時半起身。八時早餐，飛機未又
是要改，據云尚在聯系，未能決定
今日是否能成行也。但又有一說則
今日下午決可成行，至十一時後始
知今日無法直飛明日，而明日亦不

不能肯定了如有。於是，一方且待今
日下午五时后之確讯，同时作另一轉
備，一取道安路，一遵公路而行。下午
五时知明日无机飛榆林，乃决定明
日上午八时乘汽車出發。晚九时服
藥二枚，於十二时后始入睡。今日除
腳外，稍進饅頭及少量肉食。

十二月廿七日，晴，如昨。

昨入睡后，於今晨三时許即醒，起
如厕，初為乾糞，后即為稀糞，
排泄甚多，此因昨下午曾服軽
瀉劑一枚。此后，四时許又瀉一次，但量
甚少。因此引起頭痛，恐明日路上
不能自禁，遂又服四環素枚。
自二时后，即未能耐睡，倦時一

朦朧而已。六時半起身，七時半早餐，八時許，車尚未至，約等了十多分鐘，始出發。海口公安局派員（女）隨行。海南省委文教部副部長陪同旅行。車行順利，十時許在路旁小休。略進茶、咖啡、點心。旋又繼續進，十一時許到加積。此地招待所甚為輝煌，因此甚滿意。午飯豐盛，有著名之加積鴨子，但自我第一次進。乾飯及油煎了頗，但不敢多進。昨日服輕瀉劑，方是日計便日食趨增，飯後小睡一小時許。二時半出發，五時到興隆農場。（農場之人百分之九十為歸國華僑）。

先参观了招待所前之样品小圃，看到芒果、麵包树、麵包木薯、胡椒、可可、咖啡等树。据云，去海南，木瓜剪枝插土即活，不久即可结果。晚饭后又在广场看武汉歌舞团之表演，该团在海南巡回演出，已将两月，现在返海口程中。表演甚为精采。九时三刻演毕，我们即归招待所，服药二枚，十一时许入睡。

十二月廿八日，晴，在兴隆农场。今晨三时醒一次，五时又醒，东方未明，六时半起身。因知参观农场一部分只需时一时许，而参观的尚有充分时间可于中午到榆林（三亚），因此，我们一致同意改变原定计划，于参观咖啡移植场、胡椒移植场、油棕场即赴榆林。仍带咖啡一壶、茶一壶、（咖啡皆用三磅滚之热水瓶）、面包、水果等，以便车路食用。十时动行，十二时半到三亚招待所（石名为柳园招待所，或柳林招待所）。三时许进午餐，午餐后午睡。下午访问在此休养之秦岩虹、邵宇。晚看中央杂技团舞蹈队之演出，十时许同宵饭，服药二枚，于十一时许入睡。

十二月廿九日，晴，大风，廿五、六度，
二十度左右。昨日未有冷流，故大风，且温度較低。
今晨四时许醒一次，后又睡，七
时又醒，即起身。九时赴兔尾山
游览海港。兔尾山者，去鹿野
旗与康廻野（我们所居之椰园
即在康廻野）之间一小山也，高约两
百多公尺。此处有海军防哨。归途又
在街上看了百货店等等。午后回小
睡一小时。下午補写前数日之日记。
（晚）候，到李闲谈一小时，並初步擬定
於二、三日内赴通什参观，（当天可返），
归时取道西路，分三日旅程。晚
在招待所餐廳看電影地下尖

無聲乃舊片，而拷貝音已破損，效果不甚好）。九時服藥二枚，十一時許入睡。

十二月廿日，晴，如昨。

今晨四時許醒後又睡，五時許又醒，旋又朦朧，至七時許起身。上午寫詩三首，中午小睡一小時。下午修改此三詩，又續作一首。（又補海棠、李下水。）晚看影片萬水千山，（此片看過多次之舊片，但此處所放映者為寬片，亦寬銀幕，故亦欲一看），九時返家，服藥二枚，於十時許入睡。

十二月廿一日，陰，較冷，約廿一度。

今晨二時半醒後又睡，五時又醒，

然不能再睡，加服眠剂一枚，约半小时后又睡，直至七时半方醒，即起身。七年为区党委、县委、文联、柳园招待所各书一幅，即用以所作诗，依次如下：琼崖雄峙海南疆，气概峥嵘五指脉。公元一九二七，红旗插展满山岗。何来苍阴廿余年，星星之火已燎原，同登福寿何足数。琼崖纵队力回天，大军南下扫烟尘，宝岛从此归人民。山容海色都非故，蕉雨椰风岁月新。稻稻香三季稻，地下蕴藏无价宝，归侨有家归兴隆，热带作物竞长

雄，跃为国防效力一支，国外贸奏
肤功，水坝高峯称第一，海底
夺油资源润。港吐吞万吨船，英
歌之。盐石碌钢，黎苗同庆同
心建，十年建设费用牵。昔广大
道何荡荡，顿尊英明全赖党。
右海南岛，榆林港外水连天，隔
隔渔船出海还。万顷碧波争踊
跃，东风吹遍五指间。右兔尾
远眺。繁荣歌舞庆安，
幼苗新培芸芸许，旧谱填词
翻慢调，声声好闻芭蕉雨。一奏
三弄思慕抽，曲终犹绕梁庆丰
收。庆丰收，于今何有，归功于

人民公社。（右同歌有作）。六盘磨伏海无波，解雨赴风钱度过。安而志危去觉、军歌声里跑独歌。（右、柳园即景）、最后一首写的是又挪改为六盘的罗海无波、解雨赴风钱度过。昨夜柳园开舞会，军歌声里跑独歌。

今日为星期。又为五一年除夕，招安于八时在宾馆设宴，宴后有晚会（舞会间歌唱节目），九时许我们返舍，服药二枚，十时许入睡。

『茅盾珍档手迹』系列丛书编辑委员会

图书在版编目（CIP）数据

茅盾珍档手迹．日记．1961年 / 茅盾著；桐乡市档案局（馆）编.—杭州：浙江大学出版社，2011.6

ISBN 978-7-308-08734-6

Ⅰ．①茅…　Ⅱ．①茅…　②桐…　Ⅲ．①日记—作品集—中国—现代　Ⅳ．①I216.2

中国版本图书馆CIP数据核字（2011）第100318号